詩意栖居

在「浙」里看见美丽中国

何玲玲　方问禹　王俊禄　著

浙江摄影出版社
全国百佳图书出版单位

出版统筹：管慧勇　景迪云
图片统筹：谭　进

责任编辑：陈　云　盛　洁　王　巍
装帧设计：秦逸云
责任校对：高余朵　朱晓波
责任印制：陈震宇

图书在版编目（CIP）数据

诗意栖居：在“浙”里看见美丽中国 / 何玲玲，方问禹，王俊禄著. -- 杭州：浙江摄影出版社，2020.4
ISBN 978-7-5514-2948-1

Ⅰ. ①诗… Ⅱ. ①何… ②方… ③王… Ⅲ. ①报告文学—中国—当代 Ⅳ. ① I25

中国版本图书馆 CIP 数据核字 (2020) 第 053430 号

诗意栖居
——在“浙”里看见美丽中国
SHIYIQIJU——ZAI 'ZHE' LI KANJIAN MEILI ZHONGGUO

何玲玲　方问禹　王俊禄　著

全国百佳图书出版单位
浙江摄影出版社出版发行
　地址：杭州市体育场路347号
　邮编：310006
　网址：www.photo.zjcb.com
制版：浙江新华图文制作有限公司
印刷：浙江海虹彩色印务有限公司
开本：710mm × 1000mm　1/16
印张：12.75
2020年4月第1版　2020年4月第1次印刷
ISBN 978-7-5514-2948-1
定价：49.80元

习近平指出，浙江省 15 年间久久为功，扎实推进“千村示范、万村整治”工程，造就了万千美丽乡村，取得了显著成效。我多次讲过，农村环境整治这个事，不管是发达地区还是欠发达地区都要搞，但标准可以有高有低。要结合实施农村人居环境整治三年行动计划和乡村振兴战略，进一步推广浙江好的经验做法，因地制宜、精准施策，不搞“政绩工程”、“形象工程”，一件事情接着一件事情办，一年接着一年干，建设好生态宜居的美丽乡村，让广大农民在乡村振兴中有更多获得感、幸福感。

（据新华社北京 4 月 23 日电，2018 年）

让绿色成为浙江发展最动人的色彩

湖州市安吉县余村　夏鹏飞 摄

3 月 30 日，习近平前往湖州市安吉县天荒坪镇余村村考察调研。2005 年 8 月 15 日，时任浙江省委书记习近平在该村考察时首次提出“绿水青山就是金山银山”。15 年来，余村坚定践行这一理念，走出了一条生态美、产业兴、百姓富的可持续发展之路，美丽乡村建设在余村变成了现实。在村党群服务中心，习近平详细了解余村发展情况，对他们发展绿色经济、带动村民增收致富的做法给予肯定。

天空下着毛毛细雨，村庄一片青翠欲滴。习近平沿着村庄绿道察看村容村貌和农作物长势，看到村民正在清理荷塘，习近平走到田边，同村民交流起来，询问春耕备耕情况。听说总书记来了，村路两旁聚满了村民，爆发出阵阵掌声欢呼声，热烈欢迎总书记。

春林山庄是余村关停矿山、走绿色发展之路后创办的第一家民宿。

山庄主人热情将总书记迎进院内，向他介绍这些年来农家乐经营和白茶等特色农产品销售情况。小院里，习近平同老村支书和返乡创业村民代表拉起家常。习近平强调，“绿水青山就是金山银山”理念已经成为全党全社会的共识和行动，成为新发展理念的重要组成部分。实践证明，经济发展不能以破坏生态为代价，生态本身就是经济，保护生态就是发展生产力。希望乡亲们坚定走可持续发展之路，在保护好生态前提下，积极发展多种经营，把生态效益更好转化为经济效益、社会效益。全面建设社会主义现代化国家，既要有城市现代化，也要有农业农村现代化。要在推动乡村全面振兴上下更大功夫，推动乡村经济、乡村法治、乡村文化、乡村治理、乡村生态、乡村党建全面强起来，让乡亲们的生活芝麻开花节节高。

（据新华社杭州 4 月 1 日电，2020 年）

目 录

总章

在“浙”里，看见美丽中国

余村遇见“地球村”

群山叠翠，竹海摇曳，碧水潺潺，桃花、梨花、油菜花竞相开放，湖州市安吉县天荒坪镇余村村，又迎来一个春天。

绿道串起乡村别墅、农业观光园、生态旅游区，移步换景之间，铭刻着“绿水青山就是金山银山”大字的石碑，注解着眼前这幅江南水墨图景。

“15 年前，这里水泥厂、矿山遍布，漫天灰尘让人睁不开眼。今天的余村已成为国家 AAAA 级景区。”载着游客观光的电瓶车司机姜志华说。

2005 年，姜志华就在水泥厂上班。要不要关停水泥厂，村里人曾激烈争论。“钱赚了，人却进了‘药罐子’里。不能再走老路了。”当年的村支书鲍新民说。

从那时起，余村因地制宜实施生态修复、村庄改造，逐步实现垃圾不落地、美丽庭院全覆盖，成为美丽乡村建设的生动样本。“85后”现任村支书汪玉成说：“接力棒传到我手中，一定要把蓝图绘到底，让村民的生活芝麻开花节节高。”

和余村一样，浙江一大批乡村从生态破坏中转身，重新思索人与自然“取和予”的辩证关系。仰望星空，环顾“地球村”，这样的思索具有普遍价值。

美国纽约曼哈顿，当地时间2018年9月26日晚，站在联合国的颁奖台上，安吉县农民裘丽琴用质朴的语言讲述了日常生活的故事。

“我来自浙江省的一个村庄。15年前，我每天都要拎着满满的一桶脏水，走到很远的地方去倒污水。当时，我家厨房没有排污水管，村里没有垃圾箱，河道受污染，又黑又臭。今天，‘千村示范、万村整治’工程的实施，使我们的村庄变成了一张亮丽的明信片。”

新华社记者的镜头里，记下了这样令人难忘的画面：中国东部一个普通乡村，村里一个农村妇女，站在世界舞台的中央，在聚光灯下，用夹杂着方言的中文发表演讲，讲述来自东方乡村的巨变故事，台下的各国听众听得入了神。

这是中国农村的高光时刻——中国的“乡村方案”赢得了世界赞誉。

这位农民朴实的发言，赢得了全场热烈的掌声。掌声背后，是世界上最大发展中国家万千农民携手共建美丽家园的生态变革。

2003年，浙江启动了“千村示范、万村整治”工程（简称“千万工程”），整治农村人居环境。15年后，联合国环境规划署将年度“地球卫士奖”中的“激励与行动奖”颁给这项工程。

约10万平方公里的之江大地上，“两山”理念深深扎根、开花结果。以“千万工程”为抓手，浙江加快建设美丽乡村、美丽城镇、美丽浙江。眼下，浙江举全省之力全面推进大花园建设，让人民群众共建共享“诗画浙江、美好家园”。

在“浙”里，看见美丽中国的模样。

望得见山，看得见水，记得住乡愁。直到今天，这项惠及几千万百姓的民生工程，仍在不断深化升级，并从这里走向全国。

潮涌钱塘，大道溯源。

“千万工程”不仅为绘就新时代乡村振兴画卷、建设美丽中国提供借鉴，还跨越大洋和山海，推动中国成为全球生态文明建设的重要参与者、贡献者、引领者。

我们梦想的乡村

来过浙江的人都感慨，浙江城市和乡村的界线相对不明显。不少乡村宜居宜业宜游，令城里人都羡慕。

不信，可以到山明水秀的浙江农村走一走。

湖州市安吉鲁家村，主打野山茶、蔬菜、水果、药材等不同作物的 18 个家庭农场密布其间，一列颇具童话气息的彩色小火车穿梭其中，将农场串联起来供游人品味农趣。

绍兴市柯桥棠棣村，无地不种花，无人不卖花，当地村民兰花种得尤其好，办的花卉市场更是遍布全国，村民们腰包鼓，笑脸也像花儿一样。

衢州市开化杨村村，很多家庭养殖香猪，但村里整洁干净，还创造性地打造出一个“猪宝宝文化乐园”，将养殖和旅游融合开发。

……

走过一村又一寨，村村寨寨好风光。都美，但又美得不一样，如同走进了“万花筒”。

但在 21 世纪初的浙江，农村生态环境是痛点，竭泽而渔现象随处可见。当时，浙江经济发展在全国已领先多年，但也率先面临环境污染带来的阵痛，农村建设和社会发展明显滞后，有新房无新村的现象普遍存在……

2002年10月12日，习近平同志调任浙江，立刻开启了马不停蹄的调研，在一个个村庄里，他察民情、听民声，农村环境问题成为他关注的重点。①

不蓝的天、不清的水、不绿的山，折射出的是不平衡、不协调、不可持续的发展模式，本质问题是没有处理好发展和环境保护的关系。

从什么样的切口，破解这道生态与发展的双重考题？

2003年6月，在习近平同志的直接推动下，浙江启动“千村示范、万村整治”工程，开启了以改善农村生态环境、提高农民生活质量为核心的村庄整治建设大行动。②

这是突出问题导向、民意导向、趋势导向、目标导向的大手笔——花5年时间，从全省4万个村庄中选择1万个左右的行政村进行全面整治，把其中1000个左右的中心村建成全面小康示范村。

从那时开始，每年一个全省现场会，省里“一把手”直接抓这项工作，成为浙江历届省委、省政府的一项雷打不动的惯例。尽管每年工作各有侧重，但抓这项工程的决心不变、主题不变，一以贯之。

遵照“千万工程”的部署推进，浙江久久为功，造就了万千美丽乡村。不仅在安吉、德清、富阳、临安等浙北县（市、区），台州、金华、丽水、衢州、温州等地乡村的面貌也焕然一新，美丽公路串起“美丽

①②注：据新华社北京12月28日电，2018年，《绘就新时代美丽乡村新画卷》。

乡村创建先进县、示范县”“整乡整镇美丽乡村”“精品村”“美丽庭院”“全域大花园”等，带动浙江乡村整体人居环境领先全国。

突出高质量，打造升级版。进入新时代，“千万工程”进一步丰富农村人居环境建设的内涵外延，更加注重环境治理、乡风文明、乡村特色、宜居宜业，让乡村不仅干净美丽，而且充满温度、各具韵味、富有活力。

十余年久久为功，“千万工程”为浙江农村地区转型发展蹚出一条新路。2019 年，浙江居民人均可支配收入 49899 元，城镇和农村居民收入水平分别连续 19 年和 35 年居全国各省区第一，城乡居民收入比继续缩小。

在乡村诗意栖居

“予独爱莲之出淤泥而不染，濯清涟而不妖……”还未进村，孩子们的琅琅书声就已入耳。

杭州市桐庐县环溪村是周敦颐后裔的聚居地。祖先在建村时，先建水系再建村。然而随着工业发展，治水之前的环溪村，“垃圾靠风刮，污水靠蒸发”，水污染成了大家的心头之患。

如今的环溪村香樟伫立，绿荫环抱；溪流清澈，鱼游虾嬉。村民们或群聚“猪栏”茶吧休憩聊天，或是在溪中淘米洗菜忙活家务。他们开心地说，这样的生活似乎又回到了小时候。

村委会主任周忠莲编了一个顺口溜：“垃圾有人拉，污水有了家，室外开百花，溪沟清澈见底有鱼虾……”

环溪的美丽得益于治水。2008 年，结合新农村建设、污水处理工程、古村落保护，桐庐县水利部门对环溪村河道进行综合治理，在村里新建生活污水池 9 个，农户全部实现截污纳入污水管道；对环溪村 6 公里河道实施美化提升，河道清淤近 1 万立方米；过去河道边臭气熏天的“猪栏”被拆除，改造成了休闲茶吧；新建石板堤防 1200 米，将人工绿化景观与自然溪水景色融为一体……

环境改造，由乱到治，是浙江“千万工程”的第一步。

“千万工程”一路走来，浙江农村发展思路发生了转变，村居面貌发生了质变,村民的习惯发生了巨变,“美丽转身”的故事俯拾皆是。

“神仙居住的地方”仙居县有条永安溪。早些年,医药化工、石材、砂石等行业的无序开发，增加了财政却污染了江水，沿溪垃圾成堆、滩林芜杂，野猪都不愿意靠近。后来，当地沿溪建起一条绿道，绿道所及，一方面串联起山水和村落，一方面“自曝家丑”，让各种破坏生态的违法违规行为无处藏身。经过多年整治“回血”,“化工一条江”成了“最美家乡河”。

城乡协调，是激活美丽乡村的密码。

走进湖州市德清县，城与乡在这里握手。

车行其中，城市与乡村的界线已经模糊：西部翠竹茂林、山清水秀;中部田园小城、宜业宜居;东部古镇悠悠、传承千年……

短短3年，一座现代化的地理信息小镇从无到有，聚起237家地理信息相关企业，优美宜居的环境与现代化的产业相得益彰。

有面子，更有里子。从打破城乡迁徙的户籍障碍，到实现公共服务均等化，再到赋予乡村要素以市场价值，实现的是人、财、物在城乡之间的自由涌流，改变的是传统的城乡工农关系。

浙江乡村走过的路，也折射着中国的乡村振兴之路。

“回顾起来，‘千万工程’是一项长远的战略工程，是从抓农村环境入手，破解城乡统筹发展的难题，为乡村振兴指引方向。”“三农”专家顾益康说。

沿着“千万工程”的路子走到现在，浙江不少城乡的发展正迈向“3.0版本”：从乡村生态修复、旅游业兴起，到资源要素回流、乡村全面复活，再到城乡产业互补、乡村优势渐显……

环境做文章，群众是主体，发展是根本。

安吉县鲁家村和陕西礼泉县袁家村，从地理位置看，两村一南一北，相隔上千公里，却结成了兄弟村。

鲁家村在乡村规划、环境整治、村民参与乡村建设等方面特色突出，袁家村主动提出两个村子结对取经、共促发展。

“下一步我们牵头打造‘百村联盟’，将全国各地具有相同乡村理念、经营模式的村拉进联盟，共同发展进步。”鲁家村党委书记朱仁斌说。

“千万工程”启动于自然禀赋较好、经济基础较强的浙江，但内核是新发展理念的践行，这也意味着其具有可复制可推广的意义，可为乡村振兴、美丽中国建设提供经验和示范。

美丽乡村中国策

“将昔日污染严重的黑臭河流改造得潺潺流水清可见底，赢得了‘激励与行动’类别奖项。这一极度成功的生态恢复项目表明，让环境保护与经济发展同行，将产生变革性力量。”这是联合国环境规划署在“地球卫士奖”颁奖时对“千万工程”的评价。

而就在其前后两年中，“地球卫士奖”分别颁给了中国塞罕坝机械林场和“蚂蚁森林”项目。

连续三年获奖，折射出国际社会对中国生态文明实践的广泛认可，凸显出保护全球生态环境的中国担当。

2019 年 5 月底，首届联合国人居大会在位于肯尼亚首都内罗毕的联合国人居署总部举行。其间，台州市黄岩区沙滩村“天云塘”的航拍照片登上了相关报告的封面。

沙滩村，是个有着数百年历史的古村。小山村和大都市上海之间，常年奔波着一个由 11 名同济大学教授、博士生导师和 21 名“乡土专家”组成的教学团队。团队成员结合乡村实践开发出乡村生态系统、乡村产业发展、乡村空间布局、全域旅游发展、美丽乡村建设等 20 多个课程，面向全球输出乡村发展的理念和经验。

联合国相关报告指出，中国的“美丽乡村”建设和乡村振兴战略试图发挥乡村建设的巨大潜力，寻找经济增长与环境保护之间的平衡，以实现有利于人民福祉的可持续发展，并为其他类似地区的发展提供案例。

在联合国人居大会上，沙滩村并非一枝独秀。以“拯救老屋行动”复兴传统村落的松阳县，也在首届联合国人居大会上精彩亮相。从一个村到一个县再到一个省，更大范围的乡村实践凸显中国智慧。

在曾任联合国副秘书长、联合国环境规划署执行主任的埃里克·索尔海姆看来，中国行动回答的正是全球性的挑战和课题——在发展中国家的广袤乡村，如何实现产业发展、环境保护与民众健康三赢的目标？

2019 年 4 月，索尔海姆来到浙江，走进一个个环境优美的乡村，看到了一张张过去的乡村被污染的照片。

面对巨变，他感慨地说，在浙江看到的，就是未来中国的模样，甚至是未来世界的模样。“中国部分地区用较短时间就取得了一些西方国家几十年的环境治理成果，这显示了中国推进环境治理、建设生态文明的决心和智慧。”

从美丽生态，到美丽经济，再到美丽生活。“千万工程”挥写出的中国农村新画卷，高度契合联合国 2030 年可持续发展目标——以结合方式彻底解决社会、经济、环境三个维度的发展问题，转向可持续发展道路。

以“千万工程”为新起点，14 亿中国人民推进乡村振兴、建设美丽中国的步伐更加坚定，也必将在人类生态文明建设史上做出更大的中国贡献。

第一章

“千万工程”溯源

21 世纪初，植根于农村地区的浙江民营经济，历经 20 多年“狂奔式”发展，已在全国崭露头角。2002 年，浙江农村居民收入已连续 18 年领跑全国省区。然而，“块状经济”拔地而起的同时，也给区域环境带来了整体性的压力，一些地方的生态基本面遭到破坏。

在深入调研的基础上，准确把握问题矛盾的本质，一项重新把舵农村发展方向、经受实践充分检验的历史性工程和社会嬗变省域实践——“千村示范、万村整治”工程，承载着数千万城乡居民的热望，喷薄而出。

从“八八战略”总方略中提出打造“绿色浙江”，到把“千村示范、万村整治”工程作为推动生态省建设的有效载体，再到“绿水青山就是金山银山”这一科学论断的生根开花，引领浙江努力成为新时代全面展示中国特色社会主义制度优越性的重要窗口。

“靠山吃山，山穷水尽”

GDP 一路高歌猛进，却掩盖不住浑浊的溪流、漫天的烟尘。在生命的代价面前，村民们幡然醒悟：环境就像空气，窒息的一刹那，它比任何东西都重要。

1987 年，俞金宝初中一毕业，就进了矿山。头几年，他在石灰窑烧石灰，一个月工资从 60 多元，涨到一两百元。

那个年代，“万元户”家庭还是稀罕物，一个人一年赚到一两千元，已经不得了。对于不到 20 岁的年轻小伙而言，做矿工的收入足够吸引人，而且长远发展也有盼头。

干了六七年，爱好学习、善动脑筋的俞金宝又先人一步考了驾照，成了矿山上的一名司机，每天把四五车矿石运到水泥厂。因为是技术工，他的收入又有提高，眼看着富裕的日子越来越近。

20 世纪八九十年代，安吉和全国其他地方一样，狂奔追赶“现代化”，余村是安吉县最大的石灰岩开采区，村民靠着山上优质的石灰岩，自办水泥厂。村集体经济年收入一度超过 300 万元，农民也逐渐富裕起来。“石矿，就是余村人的金饭碗”，这话一点也不为过。靠山吃山，炸山采石，是最自然不过的事情。

那些年，“环境”还是个生僻词，尽管村民“富得流油”，但感官上的不舒服，却是实实在在的。

俞金宝回忆说，那时候，水泥厂烟囱的烟，把整个村子弄得一年四季都是灰蒙蒙的，山上成片的竹叶全部都被熏黑掉了。

开矿的时候，随着几声炮响，大大小小颗粒状的矿石飞出去，附近的竹子全被打折打破。住在旁边的人家，屋顶上也是一阵沙沙作响，瓦片被打破也是常有的事。

那时，除了矿山，安吉还有水泥、造纸、竹拉丝等高污染企业。GDP 一路高歌猛进，却掩盖不住浑浊的溪流、漫天的烟尘。

1998 年，在国务院组织的太湖治污“零点行动”中，安吉毫无异议地受到“黄牌警告”。青山上成片的石头切面，一个接一个的石坑，就像一道道伤疤，刻画着“粗放式发展”的印记。

压力不仅仅来自“黄牌警告”。在那个时候，“要钱还是要命”的问题，已经开始摆上台面，农村旧有的发展方式，开始松动。

开矿挣钱血债太多，而且严重破坏环境，吃的是子孙饭。

70 多岁的村民陈长法记得清清楚楚，当时，开山炸死人、石头压伤人是常事，活着的人虽然赚了钱，却整天生活在石灰与烟尘中。

“可不能有命挣钱，没命花钱！”

21 世纪初，开矿采石将近 20 年的安吉人认为，“开矿致富路”不能再走下去了，他们考虑关停矿区、水泥厂、石灰窑，走绿色发展之路。

这不是一句轻飘飘的口号：开矿是为了老百姓的饭碗，关掉矿山，更是为了老百姓的基本生存。但当时也有不少村民想不通，担心关停石矿就没饭吃了。

没了矿山，余村人怎么办？

花了几万元买的采矿设备，要扔掉么？

集体经济从 300 多万元跌到零头，谁不慌？

……

曾任余村党支部书记的鲍新民说，最难熬的，是关停矿山后的头一年。

但在生命面前，村民们幡然醒悟：生态环境就像空气，在窒息的一刹那，它比任何东西都重要。

“猪住楼下，人居楼上”

闻到猪粪味，就到青莲寺村了；经过青莲寺村，身上就留下猪粪味……说起当年的污染有多严重，村民各有各的苦涩。

嘉兴市海盐县地处浙北杭嘉湖平原，紧挨杭州湾，距离太湖不到100公里，境内河道密布，具有典型的江南水乡特征。形成强烈反差的是，这颗“太湖明珠”，曾是长三角地区重要的生猪养殖基地。

彼时的海盐，“猪住楼下，人居楼上”的情况并不少见。老百姓感慨地说，“买了奔驰、宝马，开在猪粪堆里”，“闻到猪粪味，就到了青莲寺村”，“河道填满猪粪，上面放块板，就能走过去”。

……

在一场座谈会上，说起那时候养猪造成的污染有多严重，海盐县元通街道青莲寺村的村民各有各的苦涩。

青莲寺村养猪，起源于20世纪八九十年代，后壮大成为海盐县生猪养殖的“猪三角”之一，在鼎盛时期，一个村的生猪年出栏量就超过10万头。

村民们回忆，当时大家在自家院子里养猪，在田地里私搭违章建筑养猪，猪粪扔进河道水系，病死猪随意丢弃掩埋。

“水是什么颜色的？”

“是彩色的！”

在一节公开课上，当地小学生这样的回答，让在场的大人深受触动。回想以前能在河里游泳、洗菜，而今“有水皆黑、有水皆臭”，这样的致富路，是不是得不偿失？

21 世纪初，海盐县农村劳动力转移明显加快。2003 年，全县二、三产业就业人数占比达 75.5%，农民人均可支配年收入达 7313 元。

随着生活水平的提高，逐渐富裕的农民，对村容村貌的改善有了新要求，农村当时的状况已经明显不适应经济社会发展的要求。

除了富裕起来的村庄，希望改变农村人居环境的，还有一类衰败不堪、“严重失血”的乡村。

这个故事发生在丽水市遂昌县西畈乡举淤口村。该村距离县政府 103 公里，但沿途有 4 座海拔 1000 米以上的大山，还连绵着数不清的丘陵小山，盘山公路蜿蜒曲折、宽窄不一，转过 900 多道弯，整个路程需三四个小时。

走水路也可以进村。沿着洋溪源一路向南，绿汪汪的水面两岸，是连绵不绝的山峰。船行支流入深山，走到一块稍微平缓的地方，看到一个有水泥路延伸的小码头，就到了村里。

和中国大多数乡村一样，在 21 世纪初，市场经济、外贸生意最火热的时候，举淤口村的青壮年们走出大山，去外面打工或者做生意。

“头几年还回来过年，后来都不回来了。”关于那些年的记忆，村民杨顺恩印象最深的，是每年春节期间，村里人带着一年在外面赚下的钱，买了新车豪车，兴致勃勃地回家过年，但发现车都开不到老家门口。

交通阻塞，信息封闭，村容破败，在外发展的年轻人说，老家待不住了！

因为出去打工、做生意的人一批接一批，先是青壮年，后来妇女、老人等也跟着出去，大多数人家只是过年回村里住几天，破败的房屋自然越来越多。

春节期间，是难得的团圆时节，老家自然是村里人辞旧迎新、碰头交流的聚集点。但在当地，春节期间往往免不了阴雨天气，村里垃圾遍地、污水横流，空气中散发着浓浓的猪粪味，到处都是泥巴路，连下脚的地方都没有。正月里，亲戚邻里挨家挨户串门拜年也非常不方便。

在城市待久了、住惯了，在村里就越是待不下去了，哪怕只是半个月时间。渐渐地，回村过春节的人越来越少，村子快速滑入没人气、看不到生机、承载不了乡愁的衰败通道。

人们困惑：生产发展、生活富裕了，幸福感怎么没有明显提升？

水晶透亮，河流污浊

有灯亮的地方就有加工厂，有声响的地方就在生产水晶，河水成了白糊糊，鱼虾基本绝迹。“水晶如此透亮，却又如此肮脏”，不少当地人开始往外奔逃。

“跑慢点，注意安全！”远远望着孙子和小伙伴们追逐打闹，陈祥艳时不时吆喝一声。

奔跑嬉戏的孩子们，大多家在省城杭州，但几乎每个周末都会跟着家人，开车两个小时回到农村老家。为了陪老人，也是为了和村里的小伙伴玩耍。

村头小河边，流水潺潺，野草青青。

这是如今金华市浦江县农村的寻常景象。这景象得来不易，浦江县委书记程天云说，他们一手铁腕治水，一手抓产业转型，水晶企业总数由 2.2 万家缩减至 505 家，但税收从整治前的 3000 万元提升到 2019 年的 1.35 亿元，实现产值 60.2 亿元。

干净的柏油路一直延伸到村里，农房错落有致，被林木花草簇拥着。

不一会儿，其他孩子们的奶奶、外婆们也陆续过来了。几名老人七嘴八舌，互相应和着。看得出来，她们都期待小河边的“每周一会”。

“我小的时候，这小河也这么清亮！”

60多岁的陈祥艳提起话头，回忆起大家共有的童年时光。

她们眼前的小河，平缓舒展，宽窄不一，最宽处不足10米。小河没有具体名字，但是一说大家都知道，因为那是村里人的共同记忆。

20世纪80年代初，陈祥艳刚嫁到建光村时，这个村在周边已经小有名气。有村民在外闯荡发现商机，立马返回村里摸索着干工业——造水晶，没几年就富起来了。接着，整个建光村都开始造水晶。

人工水晶，原材料是由石英石破碎而成的石英砂，经过一系列冷热处理、切割打磨、添加金属元素等工序提炼而成。整个制作过程中，有大量碎石、粉尘、尾料等产生，用水冲洗是重要的环节。

有灯亮的地方就有加工厂，有声响的地方就在生产水晶。

21世纪初，是浦江县人造水晶产业最鼎盛的时候，一个县集聚了两万多家水晶加工作坊，从县城到农村，从工厂到作坊，水晶无处不在。

建光村有500多户人家，是全县水晶加工产业的主要发源地之一，最多时有水晶加工小作坊300多家，家家户户都靠水晶致富。

“搭个棚，装一台机器，就能做水晶。”陈祥艳是资深的“业内人士”，她从20多岁到将近40岁，一直跟家人一起做水晶，免不了在小河边来回穿梭。

那时候，当地村民做水晶，用水就从附近的河里抽，用完就直接排回到河里，其他化学工序也是怎么方便怎么来。

村民每天在乌烟瘴气的棚子里磨玻璃，废渣、粉末、废水排到河里。小河里的鱼虾渐渐绝迹，只看见白色糊状物一路蠕动到钱塘江。

“村里就没一条干净的河，都是‘牛奶河’！”

“没地方洗菜、洗衣服，都是自己‘作’的！”

“水晶如此透亮，却又如此肮脏，连当地人都要往外奔逃。”

……

话越说越透，几名老人把人造水晶污染环境的那些事，都抖搂明白了。

“那些年是挣了不少钱！”关于挣钱，村民陈伟民只说了一句，就不愿意再往下说了。

成就“人工水晶之都”名声，浦江代价沉重：85% 的溪流被严重污染，浦阳江出境断面水质连续 8 年为劣Ⅴ类，成为钱塘江流域污染最严重的支流，生态环境质量公众满意度排在浙江省倒数第一。

与浦江类似，21 世纪初的浙江乡村，村村冒烟、户户点火，皮革、五金、袜业、小商品等“块状经济”密密麻麻，“作坊式”家庭工厂十分普遍。

在那个年代，“农村人居环境”还是个陌生词，但环境污染对人的直接影响已经开始显现。

农村走到“十字路口”

城市像欧洲，农村像非洲。农村环境不堪重负，城乡差距越拉越大，延续数十年发展方式的惯性，领跑十几年的浙江农村，也提前遭遇瓶颈，走到了一个十字路口。

早上五点准时起床，在小区里慢跑5公里，之后洗个澡，简单吃个早餐。八点钟到了公司，员工们都还没上班。“我就是劳碌命！”黄国兴笑着说，人在公司里，心里才踏实。

黄国兴是浙江省数百万个“小老板”之一，有一家纺织外贸公司，年营业额上亿元。与众不同的是，将近50岁的他，不抽烟、不喝酒，干净整洁，精神气足。尽管几乎是个“光头”，但他斯文体面，“拘谨”得恰到好处。

初次见面，他忙活着泡茶——从斯里兰卡带回来的红茶。尽管生意越做越大，黄国兴每年还是会一个人拎包出发，到东南亚、欧洲一些小国家，去找边边角角的生意。

“手是不是沾到墨汁了，拿纸擦一擦！”

“擦不掉的。”

递过热腾腾的红茶，黄国兴递茶的手引起了我们的注意。他摊开双手，指着一块黑黢黢的皮肤说，这是热塑料烫出来的。

做纺织生意之前，黄国兴做的是废旧金属拆解。至今，两只手上斑驳的痕迹依旧清晰可辨。

废旧的塑料制品、下脚料、家电，收集起来就地堆放，再用火烧软化，用手剥离，得到的塑料、金属或者零件都能回收卖钱。

家家收废料，户户拆金属。绍兴市一些农村，曾经是废料分拣的重灾区，村里违章厂房遍布，外来人口众多，地面、水面垃圾随处可见。

村民们回忆，村里原来有许多废料分拣区，集中在有河道、湖泊的位置，有些分拣户直接在自家房前屋后的空地上堆放废旧塑料和下脚料。

五金拆解、纺织印染、建筑材料、金属加工等，曾是绍兴一些地方的典型行业。黄国兴说，他这个年纪的本地人，大多数都跟这几个行业有过关联。

一个村挨着一个村，“一村一品”，互为产业链上下游，环环相扣，把“块状经济”推向全国乃至全球。乡村生产马达轰鸣，但换回钱的，是身边的环境污染。

“污水靠蒸发，垃圾靠风刮，室内现代化，室外脏乱差，溪沟就是垃圾污水的家……”

杭州市桐庐县环溪村村委会主任周忠莲的这段顺口溜，描述的正是 21 世纪初浙江村庄的大致模样。

一村又一村，多是“垃圾村”。

“三农”专家顾益康仍然记得当年调研时的情景：去好的示范村看，还过得去，但这样的示范村实在太少了！

据浙江省农办摸排，2002 年前后，浙江全省有 3 万多个村庄环境比较差，只有大概 4000 个村庄环境稍微好一些，占比仅 10% 多。

城市像欧洲，农村像非洲，不断富足起来的农民群众对人居条件越来越不满意。农村环境不堪重负，农民需求面临变化，城乡差距越拉越大，领跑十几年的浙江农村，也提前遭遇瓶颈，走到了一个十字路口。

从社会经济发展水平看，21 世纪初，改革开放历经 20 多年，浙江民营经济异军突起、长足发展。当时，全国人均生产总值刚超过 1000 美元，而浙江省已接近 3000 美元，工业化、城市化呈进一步加速的趋势，一部分先富起来的农民开始向城市集聚，一部分先富起来的农村率先城镇化，城乡发展差距也逐渐拉近。

从人的发展规律看，在农民实现富裕的同时，其需求也势必同步发生转变，在农民企业家、老板们眼中，挣钱不再是唯一的追求，至少不是排在第一位的需求。

那些年，经济基础带来了一个有利于根本解决“三农”问题的战略机遇期，但发展惯性也尤其考验当地党委、政府的清醒度和决策魄力，一旦循着惯性走，那就是容易忽视“三农”利益、导致各种矛盾凸显的社会敏感期。

农村脏乱差，突出表现在四个方面：

——农村生活垃圾污水处理体系不完善，乡村“低、小、散”企业和小作坊严重破坏农村环境；

——农村建设缺乏规划指导，村庄分散，规模过小，“有新房无新村”的现象较为突出；

——农村基础设施建设缺乏稳定的投入，设施共享性差；

——农民房屋建设缺乏科学设计和合理布局，盲目仿效和攀比现象突出。

不蓝的天、不清的水、不绿的山，折射出的是不平衡、不协调、不可持续的发展模式,本质问题是没有处理好发展和环境保护的关系。

一定程度上，21 世纪初浙江呈现的发展方式、城乡关系，在今天的中国仍能找到影子。浙江找准突破口、破解先发问题，就是前瞻性地为全国探路。

从什么样的切口，破解这道生态与发展并存、城市与乡村协调的双重考题？工作的抓手在哪里？

一项重新把舵农村发展方向、经受实践充分检验的历史性工程和社会嬗变省域实践，承载着厚望，即将拉开序幕。

2003年6月，在时任省委书记习近平的倡导和主持下，以农村生产、生活、生态的“三生”环境改善为重点，浙江在全省启动这项“千村示范、万村整治”工程，开启了以改善农村生态环境、提高农民生活质量为核心的村庄整治建设大行动。

“千万工程”提出，花5年时间，从全省4万个村庄中选择1万个左右的行政村进行全面整治，把其中1000个左右的中心村建成全面小康示范村。

与“千万工程”同一时期，在总结浙江经济多年发展经验的基础上，2003年7月10日，习近平在省委十一届四次全会上全面系统地阐释了浙江发展的八个优势，提出了指向未来的八项举措——“八八战略”，这个着眼发展大格局、指引浙江改革发展和全面小康建设的宏图大略焕然而生。

2005年8月15日，习近平在安吉余村考察时，得知村里关闭矿区、走绿色发展之路的做法后高度评价说：“下决心关停矿山是高明之举。”

浙江七山一水两分田。在这次考察中，习近平首次明确提出“绿水青山就是金山银山”，强调不以环境为代价去推动经济增长；在随后发表的《之江新语》中，习近平这样阐释：“我们追求人与自然的和谐，经济与社会的和谐，通俗地讲，就是既要绿水青山，又要金山银山。”

（据新华社杭州4月23日电，2018年，《绘就新时代美丽乡村新画卷》）

第二章

"久久为功"深耕

以农村生产、生活、生态的"三生"环境改善为重点，从全面建设小康社会，从农村任务最繁重的实际出发，"千万工程"开启浙江农村人居环境整治和美丽乡村建设的新征程，农村面貌有望迎来根本性改变。

然而，知易行难。要刹住几十年的发展惯性，转变经济增长方式，确立起追求人与自然和谐相处的生态文明观，从各级政府部门到企业老板，再到千家万户，根本上是要闯过"思想关""利益关"。

2003 年以来，浙江历届省委、省政府一张蓝图绘到底，一任接着一任干，一件事情接着一件事情办，真抓实干、久久为功。每年的现场会，都瞄准实际工作中的新现象、新问题、新瓶颈，从厘清边界、总结经验到制度完善，求真务实解决实际问题。

开到村庄的省委现场会

村里怎么搞？省委书记跟村党支部书记当面切磋。一年一次约会，十几年从不间断。

夜幕降临，小山村重归寂静。

间或有狗叫声，像是小村的音符。

这里是台州市天台县后岸村。环顾四周，层层山峦号称“十里铁甲龙”，在夜色掩映下，黢黑的山峰像潜伏着千军万马。

“还不睡啊！”

“再看看，明天不能丢脸。”

穿着中式服装的村支书陈文云，背着手在村里溜达，心里也像跑着千军万马，不安生。

明天，他这个村党支部书记要接待省委书记，还有省里和各个地市的现场考察组。

眺望“十里铁甲龙”，陈文云眼前像放电影一样：从20世纪90年代远近有名的采石富裕村，到2000年前后尘肺病集中暴发，再到村里展开环境整治、“不卖石头卖风景”……

“省委的现场会，大家会问啥？”陈文云心里盘算着，走着走着就到村里的垃圾回收站了。

农村咋搞垃圾分类？后岸村的老百姓有智慧，聊着天总结出一套“猪定律”：猪能吃的就是易腐垃圾；猪都不吃的是其他垃圾；猪吃了会死的是有害垃圾；卖了可以买猪肉的，是可回收垃圾。

简单几句话，就把让城里人都挠头的垃圾分类讲清楚了。

垃圾分类、民宿发展、集体经济……小村像一面镜子，折射出浙江农村的发展变迁。

第二天，也就是2019年12月8日，浙江省深化“千万工程”、建设新时代美丽乡村现场会在天台县举行。后岸村是这次现场会的观摩点，参会代表如约而至。

会议规格很高，省委、省政府主要领导和各地区各部门“一把手”都到了。会期不长，但节奏快、紧凑而充实。省委书记还专门夸赞了后岸村垃圾分类的“猪定律”。

陈文云听得心花怒放：“看来，我们的路子都对头。”

现场会不久前，浙江省《新时代美丽乡村建设规范》(简称“《规范》”)正式实施，以推进美丽乡村迭代升级。《规范》设置了100余项指标要求，新增垃圾分类、数字乡村、就业服务等内容，为新时代美丽乡村提供建设指引和评价依据。到2022年年底，浙江90%以上建制村将达到该标准。

村里怎么搞？省委书记跟村党支部书记当面切磋。2003年以来，每年召开一次全省现场会推进农村人居环境建设，成为浙江历届省委、省政府雷打不动的惯例。

现场推进会，也叫“现场会”。在我国体制内运转规则中，这些往往是衡量某项工作重要性的风向标：会议以什么规格开，什么频率开，在哪里开，会议行程安排等，这些都从上而下，层层释放着信号。

“千万工程”现场会每年选择的地点，一般是前后变化大、有典型意义的地区，或者下一步工作的风向标地带。

2019年的“千万工程”现场会提出，在决胜高水平全面建成小康社会的关键一年，坚定打造“千万工程”升级版、建设新时代美丽乡村，坚定提升农村民生水平，坚定推进乡村治理体系和治理能力现代化，坚定加快城乡融合发展，全面推动农业农村数字化转型，全面融入长三角一体化发展，全面促进乡村产业旺、生态美、人才兴、人文和、治理优、百姓富，争当乡村振兴排头兵。

“千万工程”现场会时间轴

2003年，启动“千村示范、万村整治”工程，拉开农村人居环境建设序幕。

2004年，提出“千万工程”作为一项生态工程，是推动生态省建设的有效载体，既保护了“绿水青山”，又带来了“金山银山”。

2005年，提出把传统村落整治建设成为规划科学、经济发达、文化繁荣、环境优美、服务健全、管理民主、社会和谐、生活富裕的农村新社区。

2006年，提出“千万工程”是推进新农村建设的龙头工程、统筹城乡兴“三农”的有效抓手、造福千万农民的民心工程。

2007年，“千万工程”完善考核奖励、建设指导性规划、农村环境整治项目立项指南等。

2008年，“千万工程”项目建设实施方案、专项资金管理办法、“以奖代补”考核办法等文件出台。

2009年，切实抓好村庄绿化、培育建设中心村、农村改厕等文件出台。

2010年，提出到2015年，力争全省70%的县（市、区）达到美丽乡村建设工作要求。

2011年，提出把提升农民生活品质作为建设美丽乡村的根本，建立待整治村数据库、中心村及省重点培育示范村数据库等。

2012年，提出要按照科学规划布局美、村容整洁环境美、创业增收生活美、乡风文明身心美的要求，打造美丽乡村。

2013年，提出力争花四五年时间，把农村生活污水治理好，并作出“五水共治”①决策，以治水推进转型升级，还部署了建设1万个农村文化礼堂的目标。

2014年，发布实施我国首个《美丽乡村建设规范》省级地方标准。

2015年，提出打造美丽乡村升级版，给26个欠发达县“摘帽”，开始在4500个村试点推开垃圾减量化、无害化、资源化处理模式。

2016年，提出对标《美丽乡村建设指南》统筹推进规划、建设和环境整治，绝不把脏乱差、污泥浊水、违法建筑带入全面小康。

2017年，全面实施乡村振兴战略，开启新时代美丽乡村建设新征程，为新时代美丽浙江建设打下良好基础。

2018年，提出把“千万工程”不断引向深入，切实加强领导，把实施乡村振兴战略摆在优先位置，在新起点上全力打造“千万工程”升级版，加快把浙江全省建成大花园。

2019年，出台高水平建设新时代美丽乡村的实施意见，提出到

---

①注：“五水共治”是指治污水、防洪水、排涝水、保供水、抓节水这五项工作。

2022 年，建设新时代美丽乡村 2 万个；到 2025 年，全省三分之二以上的村达到美丽乡村精品村标准。

一任接着一任干

“千万工程”一个突出经验是，一张蓝图绘到底，一任接着一任干，一件事情接着一件事情办，真抓实干、久久为功。

竹影摇曳的浙北小城镇——湖州市安吉县山川乡，曾为了生计毁坏环境：村民炸山采石，整天轰隆隆。村里竹木也被过度砍伐，后来连指头粗的也要放倒。

时任安吉山川乡乡长、现任德清县委书记王琴英回忆，因为GDP排名落后，山川乡领导到县里开年度工作会议，只能排在最后面，“头一直耷拉着，感觉丢脸”。

“千万工程”实施后，上级调整了考核指向，环境不再为发展让路。

不准砍伐树木、不准电枪捕鱼、不准开矿挖石……山川乡下了决心，将村民多年来的营生列入了“禁止名单”，并写入乡人大决议报告；为了涵养水源，还建了生态水库。

经历一番彻头彻尾的整治，环境好多了，茶叶、旅游业也开始发展。

2004年，山川乡领导坐到了全县工作会议会场的前列，现场考察点也成为全省干部点赞的样板，终于争了口气。

正是在那次现场会上，省委领导指出，“千村示范、万村整治”作为一项生态工程，是推动浙江生态省建设的有效载体，既保护了“绿水青山”，又带来了“金山银山”，使越来越多的村庄成了绿色生态的富民家园，形成经济生态化、生态经济化的良性循环。

“天下大事，必作于细；天下难事，必作于易。”先易后难、小步快走，点上引领、面上带动，是“千万工程”方法论的重要元素。

梳理每年“千万工程”现场会的主要议题，会发现这是一场层层推进、协调推进、系统推进的全民行动。

每年的现场会，都瞄准实际工作中的新现象、新问题、新瓶颈，从厘清边界、总结经验到制度完善，实事求是、高效解决实际问题。

现在回头看，浙江实施“千万工程”的一个突出经验是，一张蓝图绘到底，一任接着一任干，一件事情接着一件事情办，真抓实干、久久为功。

湖州市南浔区洋南村是一个拆迁村，很多群众虽然住的是“新房子”，但还是“老习惯”，比如喜欢用土灶做饭。

新村房子虽然没有了土灶，但是村民依然保持了收集柴火堆放在门口的习惯，影响环境的整洁。

洋南村原党总支书记钟金虎说，村两委把营造整洁的环境作为推动最美家风建设的基础性工作来抓。提倡环境整洁、邻里和睦、尊老爱幼、文明礼貌（每项为一星，总共四星），采取群众自行申报、评议小组评比、公开接受监督的方式评比“四星家庭”。

钟金虎讲了一个小故事：2019 年，有一户人家的小孩子看到别人家门口挂了“四星家庭”牌子，便缠着问爷爷为什么他们家没有。他爷爷来问村里，村里回答“你们家虽然申报了，但你家房前屋后堆放了那么多柴火，环境有点乱，所以没有评上”。

拗不过小孩子，这家人奋起直追，门口环境竟收拾得最干净，也自然挂上了“四星家庭”的牌子。

“振动”农村发展轨道

问题在水里，根子在岸上。水治好了，窗能开了，景变美了，一条古街复活了。

有600多年历史的浙西古村衢州市江山市大陈村，是徽州汪氏后裔的聚居地。独禀的钟灵毓秀、深厚的文脉积延、淳朴的民风民俗，孕育了流芳百代的大陈文化。

山有魂，水有源，初心如从前。

来时路，不能忘，薪火永相传。

爱相守，情相牵，江山如画卷。

……

这是大陈村的村歌，名字叫《你好，江山》。

村民自编自演的红色实景剧表演更让大陈村成为“明星村”，日均客流量超过1500人次。

游客一拨接一拨，大陈村党支部书记汪衍君带着客人天天在村头巷尾转悠，说到兴起，他还会拿着话筒清唱几段；只要看见不干净、不美观的地方，哪怕是石缝里的烟头，这位高大壮硕的汉子也会弯腰把它抠出来。

那山那水那人，处处是风景。

老人们搬张躺椅，在院中悠闲地晒太阳。院中鲜花盛放，引来蜂蝶飞舞。废弃的石磨、咸菜缸，长着蘑菇的抽屉、旧椅子……当这些就地取材的“老物件”盛满鲜花，交织着春天讯息和复古韵味的农家庭院，顷刻间散发出迷人的气息。

十多年前的大陈村，可配不上这些名号。汪衍君直言不讳：当年，大陈村不仅“垃圾到处扔、污水随地流”，而且人心涣散、上访不断。

踏着“千万工程”指引的路子，大陈村“三步走”。

先是规划先行，不规划不设计，不设计不施工。专门邀请专业机构编制《大陈古村落保护与开发建设规划》，对村庄基础设施和古民居、古祠堂、村落景观进行整体规划设计。

接着从环境卫生抓起。村两委干部带头扫，组织党员接力扫，发动全体村民一起扫，一把扫帚扫出了新景象。

然后是修复古村。凭借军人特有的一股韧劲，经过多年努力，汪衍君整合到上级各类资金7000多万元。依靠这些钱，先后实施了大陈汪氏宗祠以及30多座民宅的修复；以古民居为基础，建成了大陈汪氏名人馆、红军纪念馆、古村文化广场等。

一招出，满盘活。“千万工程”撬动了良性循环，“神奇的事情”接连在大陈村发生。

年近80岁的村民汪衍勤，是村里“读书吧”的管理员，天天忙得像个小伙子。他当过兵，在部队是文艺爱好者，就和其他文艺爱好者一起为大陈村创作、编排歌曲十余首。

其中就有一首《千万工程美家园》，歌词写道：

千万工程真正好，真正好，你来捞渣，我铲草，我铲草；

男女老少齐上阵，齐上阵，时时刻刻来环保，来环保；

垃圾餐油不乱倒，不乱倒，改变陈旧老习惯，老习惯；

家美村美环境好，环境好；

……

像大陈村这样，因为人居环境整治而改变发展轨迹的，在浙江俯拾皆是。

“千万工程”对于浙江的意义，绝不是静态的、局部的、片段的。在浙江发展面临经济变革、社会转型、文化复兴的关键时刻，“千万工程”是让列车换道变轨的那个扳手，让它驶向更加壮阔的远方。

“工业大县”宁波市宁海县，凭借环境改善，集聚420多家民宿，总床位数达到9000余张。2019年，全县民宿营业额达2.41亿元，带动农副产品销售逾8.4亿元。

宁海县胡陈乡，原来不产桃子，现在“桃花节”期间，平均每天车流量上万，“一床难求，一饭难求”。一对卖烤土豆的夫妻照管着七八个炉子，一天能收入七八千元。卖桃胶的大妈，一个桃花季期间，卖干桃胶，做桃胶羹，能收入两三万元。

不仅有桃花节，胡陈乡还有土豆节、麻糍节、杨梅节。游客来体

环境综合整治后的宁波市鄞州区横溪镇　徐丹 摄

验青山绿水之余，还可体验登山、钓鱼、滑翔、自行车等户外运动。户外运动产业“从无到有”，这让胡陈乡成了浙江省第一批户外运动小镇创建单位。

胡陈乡梅山村党支部书记蒋善斌说，刚开始拆露天粪坑、破房子的时候，老百姓有抵触情绪，不支持、不配合。现在，全村“垃圾不落地”，家家户户都有一个带有智能芯片的垃圾桶，变化真是天翻地覆。

补齐短板的“攻坚之战”

让江河峡谷握手，让高山峻岭搭肩。2011 年 11 月 25 日，丽水市龙泉市下樟村 300 多名村民翘首盼望的康庄公路正式通车。这是浙江省实施通村公路建设 8 年奋战、3 年攻坚目标任务完成的最后一条通村公路。

一听说村里要修路，丽水市景宁大顺乡靠打柴谋生的残疾人张向东捐出了家里仅有的 300 元钱。

村民们知道，2000 斤柴才勉强可以换回这 300 元钱，而这需要张向东拖着病腿在山林里往返 100 多次……

2011 年 11 月 25 日，丽水市龙泉市下樟村 300 多名村民翘首盼望的康庄公路正式通车。这是浙江省实施通村公路建设 8 年奋战、3 年攻坚目标任务完成的最后一条通村公路。

如今，浙江四通八达的乡村“康庄大道”正惠及几千万农民。龙泉锦安村农民吴春和说，以前做梦也没想到，他家竹山的年收入现在比过去翻了三番。

农村垃圾处理、污水治理、交通建设、违建清理，基础一点一点打下来，回过头看就很了不起。

“晴天一身灰、雨天一身泥”，在过去的浙江农村面貌中，道路交通是个不折不扣的短板。

2002年年底，浙江3.8万多个行政村中，58%没有通等级公路，48%的通村公路没有硬化。交通不便，农民的茶叶、杨梅、毛竹成了养在深闺中的“凤凰”，一车西瓜拉到城里只剩几个囫囵的，百岁老人一辈子未曾走出大山……

“康庄工程”启动初的3年间，浙江交通部门为建设农村公路负债达43亿元，全部完工得负债70多亿元。

“这债，我们替农民背得值。”时任浙江省交通厅负责人说，“农村公路产生的社会效益及长远的经济效益，恐怕要10倍、20倍于目前的投资。”

一批村干部，为了修建通村公路，奔走筹资、泡在工地、严格监督，熬红了双眼，盼着通车的好日子。

一位文成老华侨，为了家乡的公路，捐资15万元、当了一年工程质量义务监督员，5次改签返回意大利的机票。

嵊州一位绝症病人，在生命的最后一程，坚持打工赚钱捐给村里修路……

填补交通短板的“康庄工程”，是与“千万工程”同步实施的一场攻坚战。

随着“千万工程”的推进，一些突出的短板被填补后，环境建设的系统性显得更加迫切，城乡联动、发展方式转变等深层次话题也被牵扯出来。

2013年，浙江省发生了多起备受全国关注的环保事件。一是年初发生的浙江多地环保局局长被邀请下河游泳事件。这表明，虽然大江大河的水质数据好看了，但老百姓身边的水体仍然存在许多问题，获得感仍然很低。二是当年3月份，上海黄浦江松江段水域漂浮上万头死猪，其主要来自上游嘉兴地区。平原水乡畜禽养殖超负荷的警报频频拉响，粗放的农业养殖生产经营模式亟待转型，环保监管还存在着漏洞和盲区……

“千万工程”开始承担起更大的使命。为了避免效果反复，浙江乘胜追击，“千万工程”不断推出升级版本，反复固化建设成果。

启动“垃圾革命”升级版，集中发力开展农村生活污水治理攻坚，启动“五水共治”决策，让广大农村水变干净、塘归清澈。

如今，谁要乱扔垃圾，村民们自己首先不干。

宁波市奉化区滕头村流传着这样的故事：一名游客进到村子，边吃甘蔗边吐渣，一位村里的老爷爷就在后面跟着扫。

一回头，年轻游客被臊得满脸通红。

农村垃圾处理，看似是一件小事，但实践中是很难破解的问题。

从道路硬化、垃圾收集、卫生改厕，到面源污染整治、农房改造建设，再到农村生活垃圾分类处理试点、历史文化村落保护利用；从“示范引领”，到“整体推进”，再到“深化提升”……一件事情接着一件事情办，一年接着一年干，才有了今天的脱胎换骨。

“千万工程”路线图

从破题、推进到深化，浙江“千万工程”在破难攻坚中稳步推进，呈现几个阶段性特征——

第一阶段：2003—2007 年，破题攻坚。选择 1 万多个建制村，全面推进村内道路硬化、垃圾收集、卫生改厕、河沟清淤、村庄绿化等工作，建成 1181 个全面小康示范村、10303 个环境整治村。

第二阶段：2008—2010 年，整体推进。将整治内容拓展到面源污染治理、农房改造、农村公共设施建设，基本完成了全省村庄整治任务。

第三阶段：2011—2015 年，深化提升。启动实施美丽乡村建设行动计划，开展历史文化村落保护利用工作，着力把农村建成规划科学布局美、村容整洁环境美、创业增收生活美、乡风文明身心美，宜居宜业宜游的农民幸福家园、市民休闲乐园。

第四阶段：2016 年至今，驱动乡村振兴。“美丽乡村”从一处美向全域美、一时美向持久美、外在美向内在美、环境美向生活美转型，乡村振兴全面加速。

第 三 章

“因地制宜”施策

推动乡村振兴健康有序进行，需要科学把握各地差异和特点，注重地域特色，体现乡土风情，特别要保护好传统村落、民族村寨、传统建筑，不搞“一刀切”，不搞统一模式，不搞层层加码，杜绝“形象工程”。

千村千面、各具特色

你有你的清湖碧波，我有我的万顷竹海，就地长出来的美，美得不一般。

“他家的风水确实好啊！”

众人站在院子里，议论纷纷：这房子背后靠着山，门前是条曲折的小河，恰好是把角的位置；远处群山绵延，形状像是一个笔架。这么好的风水，肯定能出大才子嘛！

2019 年高考，杭州市淳安县枫树岭镇下姜村村民姜祖海的孙子，以 705 分、全县第二名的好成绩考上北京大学。不少村民闻讯赶来祝贺。

招呼大伙儿落座，70 多岁的姜祖海笑着说，他家孙子读书有出息，

杭州市淳安县下姜村从穷山沟到“绿富美”的对比照　黄宗治 摄

跟这风水没多大关系。

同一个下姜村，在20年前，却是“穷”得有名。有这样一句民谣：土墙房、半年粮，有女不嫁下姜郎。

当时，急于摆脱贫困的下姜人不惜一切代价，甚至把山砍秃了。最多时，村里有40多座木炭土窑同时开烧，6000多亩林子几年间败退，空中缭绕着呛人的烟雾，地上是被雨水一冲便肆意流淌的猪粪、猪尿，苍蝇满天飞。

“千万工程”改变了下姜村的面貌，也改变了下姜人的命运。

2003年，在政府的大力引导和支持下，下姜村开始了沼气项目建设。姜祖海是当时全村第一个用上沼气的村民。

猪圈与沼气池相连，厨房和卫生间配套改造，既解决了脏水的去处，又提供了照明、做饭的能源。没多久，全村就有65户人家用上了沼气。

封山育林，建起公共厕所、垃圾处理站、污水管，生猪养殖规模化……生态环境得到改善的下姜村，开始有能力“拔穷根”。

2011年起，借助中国美术学院团队的支持，下姜村打造景点式村庄，布局了35个美丽乡村精品建设项目，大力发展民宿产业。目前，全村拥有民宿27家，床位500余个。

在下姜村“农民画家”陈苏兰的创意小店，趣味横生的石头绘画令人耳目一新。

陈苏兰说：“这些鹅卵石都是在村里就地取材，大的石头画可以卖好几百元，客人下单后直接快递送到家。”

事在人为，“千万工程”令下姜村面貌焕然一新。

千村千面，各有各的生机。走在浙江乡村，产业、生态、乡风、治理互促共进，各有特色。

景宁畲族自治县地处浙西南山区，是华东地区唯一的少数民族自治县。走在景宁城乡的各个角落，精致整洁的村容与浓郁的畲乡风貌交相辉映，美丽生态、美丽经济、美丽生活“三美融合”的图景徐徐铺展。

野生蕨菜、笋干、四季豆、雪菜等 80 多种蔬菜都腌成咸菜，装在小碟子里，一盘叠着一盘摆在桌子上。

远道而来的客人慕名而来，一波接一波涌进大堂，畲族大姐徐海惠不厌其烦地请客人尝一尝咸菜，自豪感写在脸上。她从来没想过，自己再普通不过的小手艺，竟然这么受欢迎。

“客人喜欢吃，我比他们更高兴！”徐海惠盯着客人的表情，像是在接受一场场考试。

2015 年，徐海惠在景宁东坑镇白鹤村开起全村第一家咸菜馆，当年就带来 5 万多元收入。在她的带领下，白鹤村妇女大多在做咸菜。包装精致的咸菜礼品，线下受游客青睐、线上畅销全国。

“以前养猪又脏又臭，辛苦一年只挣千把块钱，现在收拾自家房前屋后，单是靠游客买走的花花草草，一年就有五六万元收入。”

景宁标溪乡标溪村村民马志英，热情招呼门前来往的游客到她家里，看着满庭院的多肉植物，幸福挂在她的脸上。

就打“生态牌”！丽水市委常委、景宁县委书记陈重说。海拔600米以上的纯净无污染耕地、森林资源，正在孕育品牌为“景宁600”的富民生态产业，推动全县生态产品、休闲旅游等产业愈发风生水起。

在杭州市富阳区，“农旅结合”又是另一番味道。

“春天来尝云雾茶，夏天来吃高山瓜，秋天来看红枫林，冬天来赏雾凇和冰雹。”在富阳区“美丽经济发展擂台赛比武大会”的决赛现场，村干部这样阐述乡村旅游的发展思路。

采摘游、民宿、慢生活体验——许多村在搞农旅结合，思路差不多，往往“热一阵冷一阵”，中途搁浅的也不少。但富阳的“四季风情搭配，拉长旅游周期”的思路，怎么设计出来的？

“都是一步一步摸索出来的。”几名村民说。

规划先行，想好再干

与其盖了拆、干了悔，不如在规划上多花点时间和精力，谋定而后动。这样的理念，造就了如今浙江各具特色、千姿百态的美丽乡村。

丽水市龙泉市宝溪乡溪头村是龙泉青瓷瓷土主产区，原来淘洗瓷土的水直接往溪里排，清澈的小溪变成“牛奶河”。

村民们见怪不怪，直至年轻人曾志华返村当村干部。

督促加工厂新建沉淀池，组织村民清理清运后垟溪700多米河床淤积的河道；

投放上万吨大石头，修复河道生态系统；

按照老照片等资料，运用老工法、老材料复建大木桥；

重修村民道德公约，与沿溪其他5个村庄共同组织护鱼队，建起“下游村监督上游村”的问责机制……

一番改革，溪头村的山川河流仿佛回到了百年前的样子。不只是山青了水绿了，左邻右舍的心似乎也暖了。村民们都觉得，老辈念叨的人情味儿也回来了。

因地制宜、就地取材、发挥比较优势，秉持这样的理念，才促成如今浙江乡村各美其美、美美与共的生动景象。

模式化的“美丽乡村”，缺乏生命力，难以持久。

“临街是白墙，村头建牌坊，广场和亭子，村村一个样……”这首关于乡村建设的“打油诗”，一语道破了美丽乡村建设中存在的弊病：东施效颦，生搬硬套，村无特色，千村一面。

不少学者疾呼：乡村有着中华文明厚重的土壤，承载着千千万万人的乡情乡愁。如果我们建设的农村仅仅是城市的“翻版”，那是何等的悲剧！

“千村一面”的根源是缺乏因地制宜、精准施策的思路，归根结底还是形式主义。

能否打破这个“魔咒”？

浙江的首要答案是：规划先行。

的确，乡村振兴不是每个村都大搞建设、大搞开发，不同的村有不同的建设任务和建设强度，该建设的就搞建设，该保护的就做好保护，该移民搬迁就移民搬迁。

与其盖了拆、干了悔，不如在规划上多花点时间和精力，谋定而后动。规划的编制要既契合实际又适当超前、既有科学性又有可操作性，特别是要因地制宜、因村施策，切忌单一模式、千村一面。

回头再看“千村示范”和“万村整治”——这本身就是一个分类规划、分步实施的过程。

浙江省提出，要建立健全县域乡村建设规划、村庄规划、村庄设计、村居设计四级体系，落实多规融合，做到村村有规划图、镇镇有规划师，逐步完成所有县域乡村建设规划编制。规划做出来后，就要刚性执行，不能规划建设“两张皮”。

实际效果如何？不妨到乡村四处走走。

“千万工程”实施过程中，突出“因地制宜”，浙江省“村级”发展规划数以万计，走在全国前列。

杭徽古道、浙西民俗、耕织图园、太湖源头、水韵潜川……杭州市临安区与浙江大学中国农村发展研究院、浙江农林大学联合，突出临安山水人文特色，先后制定了《美丽乡村建设规划》《美丽乡村升级版建设战略规划（2017—2020年）》等文件。

各地的实践说明，把科学编制村庄布局和建设规划放在美丽乡村建设的首要位置，规划引领建设，突出村庄特色，才能避免千村一面、了无生气。

由此，浙江形成了以县域美丽乡村建设规划为龙头，村庄布局规划、中心村建设规划、农村土地综合整治规划、历史文化村落保护利用规划为基础的“1＋4”县域美丽乡村建设规划体系。

比如，在村庄布局规划方面，浙江提出中心村主要建设公共服务中心，吸引人口集聚、辐射周边村庄；一般村主要实行环境整治、村庄梳理、有机更新，改善村容村貌；高山偏远村、空心村主要实行异地搬迁；历史文化村落主要实行保护修建，促进历史古迹、自然环境与村庄融为一体。

“城里有的，村里也有”

名牌大学毕业生，要落户小县城？父母带着气恼来，看完放心了。

钱秦比画着远处的山水，显得有点“傲娇”。他说，个把小时就能赶到长三角各个大城市，不会落后于信息时代，除此之外，人在德清的绿水青山之间，生活节奏可控，心灵也有地方安放。

和大多数同学不一样，从同济大学毕业后，钱秦没有选择留在上海、杭州或者苏州，而是在湖州市德清县城买了房定居，在当地的地理信息小镇上班。

从上海的名牌大学毕业，竟然留在县城？父母想不通、不接受。为了“安抚”，钱秦专门邀请父母来德清旅游了一趟。

繁华县城、莫干山民宿、绿水青山……“说是杭州的一个区，也不为过。”这样安慰，父母明显能接受了。

在德清地理信息小镇，入驻的地理信息相关企业将近300家，企业员工以长三角地区高校毕业生为主，也不乏全国各地慕名而来的专家和创业者。

小镇从零产业基础到形成涵盖数据获取、处理、应用、服务等内容的完整产业链，已成为全国地理信息产业集聚度最高的区域。

2018年初，由小镇入驻企业浙江长光卫星信息技术有限公司自

湖州市德清县莫干山小镇 谢尚国 摄

主研发的高分辨率光学遥感卫星——“德清一号”在甘肃酒泉卫星发射中心成功发射。这是我国首颗以县域命名的遥感卫星。目前，它已经为测绘、交通、水利、环保、农业、统计等多个行业提供遥感应用服务。

2018 年，德清财政总收入 100.8 亿元，地理信息产业贡献超 8 亿元，已经连续五年实现税收翻番。

信息经济，是在德清的环境土壤上发了芽、开花结果的。

21 世纪初，地处长三角腹地的德清县，也和浙江其他多数县（市、区）一样，重点发展轻工业，木业、五金等是当地群众增收致富的主要产业。

在“千万工程”推进过程中，“环境”两个字分量突出，德清找到了自己的比较优势：莫干山。

群山环绕之中的莫干山，既有历史人文底蕴，也是生态环境高地，是长三角一带知名的度假胜地。

劳岭村是莫干山脚下的小山村。40 多年前，劳岭隧道刚开通时，劳岭村家家户户以务农为生，一年干到头口袋里也没几个钱，与周边比算是山沟沟里的穷村；现在，这里是世外桃源般的存在。

2018 年，劳岭村游客再次突破 50 万人次，村民的房屋和土地租金收益超过 800 万元，茶叶、笋干等土特产销售收入超过 1200 万元。此外，劳岭村农民增收致富的支柱——民宿，2018 年全产业收入超亿元。

2007 年，在上海就业的南非籍游客高先生，骑行来到莫干山周边度假时，对风景迷人的劳岭村一见钟情。

此后，他历时 9 年，在劳岭村三九坞精心打造了民宿裸心乡、裸心谷。莫干山周边民宿发展的序幕由此拉开。

以裸心系列民宿为尖端，经过十余年精心繁育，莫干山周边形成了集高端民宿、精品民宿、农家乐于一体的金字塔形的民宿体系，构筑起我国长三角地区民宿行业的一块高地。其中，有西溪花间堂度假村落、三秋美宿、莫干山居图、蕨宿、莫梵、法国山居等精品民宿 150 多家。

面积达 43 平方公里的莫干山旅游度假区，集纳了典型的丘陵地区山林风光，并有着深厚的人文积淀。作为避暑胜地，众多历史名人为莫干山留下大量诗文、石刻、逸事，以及两百多幢式样各异、形状美观的名人别墅。

莫干山地处长三角中心腹地，被上海、杭州、苏州、无锡、常州等东部沿海发达城市包围。可以说，莫干山面对的是数十年来快速发展进程中持续积淀的消费潜力，包括对良好生态环境、深厚人文历史、放慢生活节奏等的旺盛需求。

德清县委书记王琴英说，要想做大金山银山，必须护美绿水青山，打好生态环境的基础。

2005 年 1 月，德清在浙江省率先提出建立西部乡镇生态补偿机制。

2007 年 2 月,德清出台《德清县生态县建设专项资金奖励补助办法》,前后累计投入约 3.7 亿元用于生态补偿。2014 年,德清四大行业 65 家企业淘汰关停 28 家,其余 37 家企业全部完成整治并通过验收。

“千万工程”整治农村人居环境,农村收获的远不止环境。回首这项工程,能看见一条清晰的脉络:从工业文明到生态文明的时代之变。

环境不仅仅是静态的绿水青山,更是实实在在的金山银山,是生产力。变化背后,农村的功能角色、与城市的关系,也发生了历史性转变。

千百年来,中国农村的直接功能是支持物质生活,为居住者提供最基础的粮食和生计,解决温饱问题。

改革开放以后,在民营经济率先勃发的浙江,农村功能开始变化,从“生活”到“生产”,一大批乡镇企业、农民老板在广大农村地区全面发展工业生产。

如今,率先补齐环境短板的浙江农村,则率先尝到了生态文明的丰富味道。

一些乡村审时度势,与时俱进适应乡村功能之变,既以美丽环境服务美好生活,又涵养大规模、现代化工业生产。开足马力做大“生产”角色的农村,即便是传统农业,也能开出生态之花、科技之花。

“小农经济”闯进“大市场”

环境撬动的生产力，超出了很多人当初的期待。民宿是浙江农民从环境上挖掘的“第一桶金”，而环境改善让“小农经济”变成“原生态经济”，则是更加厚重的“第二桶金”。

三四月份，是江南最美的时节。

朋友圈里的“网红”打卡地——舟山市普陀田园综合体，成片的油菜花田吸引着众多市民纷至沓来；“海上河姆渡”——定海马岙，每逢周末，就能迎来踏春的市民，三五成群徜徉在这乡村美景中……

在舟山，像这样好看好玩的乡村还真不少，“面朝大海、春暖花开”的民宿更是独树一帜。

依托独一无二的区位优势和丰富的海洋资源，截至2019年年底，舟山市累计创建“美丽海岛”精品（特色）村100个，开展历史文化村落保护利用35个，建设省市美丽乡村精品村41个，建成AAA级景区村庄24个，培育新时代美丽乡村达标村60个，打造美丽海岛生态廊道、主题风景线17条。

有人认为，浙江省民营经济发达，各级政府财力雄厚，生态环境建设水到渠成。这话也有一定道理，但有失偏颇。

事实上，从“千万工程”实践看，环境建设并不是简单的不得已而为之的“负担”，而是整个国家发展方式、文明路径转变的一种探索。当环境也成为驱动生产力的重要链条,生态文明自然深入人心。

从“发展”角度看，环境撬动的生产力，明显超出了很多人当初的期待。美丽乡村建设在形态上因地制宜、百花齐放，但从基础元素看，都离不开环境因子。

民宿是浙江农村产业发展的一张金名片，也是浙江农民从环境上挖掘的第一桶金。

浙江省农业农村厅的统计数据显示，截至 2019 年年底，浙江省

俯瞰舟山市普陀区朱家尖街道莲花社区的海边民宿　徐昱 摄

建成农家乐休闲旅游特色村（民宿集聚村）超过 1100 个，农家乐经营户 2.2 万户，直接从业人员 16.9 万人，带动就业超过 100 万人。

“小农经济”变成“原生态经济”，是浙江农民挖掘的第二桶金。

互联网、现代物流体系等前所未有地拉近了偏远乡村与消费大市场的空间距离，“千万工程”让浙江农村提前准备好了，也提前享受到了生态红利。

曾经条块分割、自给自足、逐渐边缘化的小农经济，变身为生态经济、特色经济，在大市场里奇货可居、价值凸显，“三农”的生态价值、审美价值、文化价值等的市场空间和价值空间都空前提升。

农村功能转变、产业兴旺，农民也跟着升级，“上班农民”数以百万计。从收入结构看，2019 年，浙江农民人均工资性收入占可支配收入六成以上。以在企业务工为主的非农劳动，是浙江农民的首要收入来源。

“三无村庄”的奋力突围

还有一类村庄，“泯然众人”，特色不突出，甚至资源还很贫瘠——怎样美起来、富起来？要从何入手？

浙江省 90 个县（市、区）中，温州市文成县的经济体量排在后几位。文成县 17 个乡镇中，峃口镇又是中等偏下。

峃，意思是多石头的山。地如其名，峃口镇域地貌“两山夹一江”、九山半水半分田，妇女、儿童、老人是留守主力。

13 公里长的飞云江悠悠东流，因为是一级水源保护地、温州的“大水缸”，沿江两岸 200 米内，禁止发展畜禽养殖、农家乐等产业，峃口镇经济似乎无处着力。

土地、劳动力、产业贫瘠的“三无乡村”，乡村振兴何以突围？

因为发展长期落后，当地村民把眼前利益看得重，自然村间“吵得一塌糊涂，打得不可开交”，扯皮纠纷耽误了发展。

人是第一要素，振兴首振“精气神”。

党建引领，峃口镇直指沉疴，下决心重塑基层党组织的公信力、凝聚力，让好党风促政风、带民风。

划清党员“十条红线”，村干部“规矩十条”；组建“强村带弱村”党建联盟；每月第 4 个星期二晚上，镇机关干部、驻村干部、党员和

俯瞰温州市平阳县南麂岛一家临海的小木屋民宿 徐昱 摄

村干部，每个类别 3 名，轮流述职、点评、测评，台上讲、台下评……

岀口镇新联村的村干部还要严格对照执行“双十”清单，包括坐班值班、关爱帮扶、民情分析、例行会议、民主议事等“十项主要制度”，以及政策宣传、便民服务、入户访谈、环境巡查、自身建设等“十项主要任务”。

系列举措推行后，村里发展劲头大逆转。新联村党支部书记张仁建感慨，党员干部迈出第一步，老百姓愿意跟着走十步。

以农村人居环境为突破口，岀口镇踏上“千万工程”指引的路子，振兴步入快车道。

沿着蜿蜒的山路驱车行进，两侧群山与零星梯田、农家小院相间，野花、野草替代裸露的山石、土坑。

“镇里买的花籽、花苗，沿路边走边撒，庭院也让农户自己打理，成本低，效果好。”峃口镇党委书记邢越锋笑言，因为资金有限，只能想尽“土办法”，动员村民一起干。

清理违建，清运垃圾，推进“厕所革命”，打造美丽庭院……“一年打基础、两年大提升、三年大发展”，峃口镇农村人居环境建设稳扎稳打。

“峃口的乡愁又回来了！”望着眼前的飞云江，峃口村党支部书记王孔跑遥想当年。

村里多是木结构的老房子，定期清洗后，连木窗格子都净得发亮。环境明显改善了，然而山不够峻峭、水不够激荡，风光平平、没有景区的峃口镇，“绿水青山”通往“金山银山”的道路需要更多努力。

一江春水，两岸绿道，三岛相连，四季花开，五颜六色，七彩云江，八仙过海，九山学舍，十里画廊……

取材最朴素的山水裸石，改造为游步道，峃口镇“点石成金”，串起一座“全域景区”，吸引城里人来进行“两天一夜”的游览，漫步体验乡村野趣。

缺资金、人才、平台，就把能争取的资源用到极致：省市派来的科技特派员、农村工作指导员、重点项目工程师、驻村干部等都为农民做贡献，带来新品种、技术、电商渠道……

当地的梯田里，大多种植“糯米山药”，黏而不腻，软糯香甜，其亩产3000斤、田间收购价每斤4元，这就是科技特派员培植起来的生态农业、富民产业。

岀口镇所属的温州市，近年来围绕“乡村振兴”战略总要求，启动乡村振兴“六千六万”行动，以西部生态休闲产业带为主平台，以乡村振兴示范带建设为引领，全力推动“三农”发展质量变革、效率变革、动力变革。

一些村“自力更生”，一批村庄则通过“抱团发展”，以工业化的思维来发展“三农”，实现了优势放大、短板补足。

在天台县南屏乡下张村，山地一层叠着一层，不少高山蔬菜还挂着果实。

“送给您尝尝，味道保证不一样！”村民杨仁权身手矫健，几把抓过去，就摘下满怀的茄子和辣椒，接着跳下一米多高的田埂道，硬往客人手里塞。

2019年，当时茄子收购价将近6元钱一斤，种地亩均收入9000多元，而2018年不到4000元。因为收入有保障，村民自发复垦了撂荒的耕地。2019年，全乡农产品增产60多吨，农民增收将近120万元。

让下张村农民心里有底、主动拓荒种地的是天台县推出的“天台大农场”建设。

“天台大农场”建设以三年为规划期，全域统筹提升农业质量、保险、品牌和营销。

在生产环节，全县统一规范“天台大农场”系列产品在生长环境、种养环节、生产加工、贮运操作等方面的基本要求，形成标准一致、资源互补、技术共享的全域互动模式。县里一些种植经验丰富的农民被聘为“单车农情员”，专职帮助农户提升种植技术。

在流通环节，天台县与中国供销农产品批发市场控股有限公司合作，线上建设“天台大农场、绿色中农批”信息服务平台、“天台大农场”微信小程序，实现客户“掌上认种认养认租 + 网上购买”；线下建设中农批天台绿色农产品物流园，打造农产品流通平台，以“物流园 + 产地市场 + 种养殖基地 + 小农户”模式，促进农产品流通。

“小农经济闯进了大市场。”天台县委书记管文新说。天台县传统农业还衍生出许多新花样，比如“认购认养认种”农业就做得风生水起。客户认购石斑鱼、土鸡蛋、葡萄等农产品 20 余类，认养“够周猪”“小狗牛”、山羊等特色家畜，认种流转土地 7800 余亩。1800 余户农民直接受益。

第四章

注重“群众视角”

农村大，投下的钱未必能见水花；农村穷，没有可以计算回报的经济账；农村偏，建多少盘山公路不如城区一个高架桥显眼……为什么浙江的干部群众却锚定“千万工程”苦干十几年?

答案来自基层。“千万工程”从一开始，就得到了群众的热烈拥护，是因为它站在老百姓的立场上，注重获得感、幸福感。

无数来浙江学习考察这项工作的人感慨，“以人民为中心”，这是“千万工程”最为深刻的本质和最为核心的价值。

“袖手看”不如“伸手干”

“母亲河”病了，村干部带头，群众投工投劳、出钱出力。变清的溪流成了孩子们戏水的乐园。

大自然在郁郁葱葱的山林下，暗暗积蓄生命之源，再把它小心汇聚，推着它越过顽石、峭壁、深潭，漫过树根、绿苔、鹅卵石，送至娃娃们的脚底板。

放学的孩子，正把脚丫子伸进穿村而过的溪流，扑通扑通戏水。

还有的把香烟盒折成纸船，从这个石板处放下，倏地，又从下游的石板处冒出头来。

与欢快的小溪同行，格格的笑声在小村里回荡。

这种笑很有感染力，70多岁的失明老人朱寿信也咧开没牙的嘴

市民在台州市仙居县永安溪绿道骑行散步　朱成　摄

巴，笑了。

这些天，他每天都听到有人叮叮咣咣在忙活。

“你们在干啥？”

“修水渠呢，老爷子！”

回答他的是台州市仙居县白塔镇寺前村村主任李兴华。

虽然不能看到清澈的溪水，但朱寿信闻了几十年的臭味慢慢消失了。他说：“蚊子少了，孩子们放假也愿意回来了。”

“千万工程”推进下的美丽乡村建设，就是让农村美、农民富的具体抓手。在这条路上，党员干部与村民也越走越近。

“谁家的孩子谁心疼！”递给迎面走来的村民一根香烟，仙居县白塔镇上横街村支部书记许子兵打开了话匣子。这个 40 多岁的汉子眼睛布满血丝，但精神头十足。

“你看，村民自己治水，比交给工程队质量更有保证，也让村民更有责任意识管好、用好。”

神仙居景区山脚下，上横街村静卧其间。许子兵是这个村的党支部书记，“吃亏多、实干多、点子多”是不少干部群众对他的一致评价。

暮色之中，彩灯璀璨生辉，山村宛如梦幻。国庆假期，村里办起了“四季花海”旅游节，熙熙攘攘的游人在绿树繁花间穿梭。

“今晚游客起码 5000 人，村里从小孩到老奶奶都过来帮忙，床位订到了 20 号以后，忙不过来啊！”许子兵眼睛放光。

但在几年前，上横街还是典型的“养猪村”，房前屋后都是猪舍，沟渠污水横流，村内蚊蝇乱飞，别说游客，年轻人都不愿回家。在故乡的感召下，许子兵放下云南年收入上百万的超市生意，回到家乡担任村支书。

“村里实在让我看不下去了。我本想干几年，修修路、改改环境，等村里的发展上了正轨就继续做我的生意，没想到再也下不来了。”许子兵说。从零起步，尝遍酸甜苦辣，许子兵觉得当村干部比做生意累得多，亲戚也说他“亏大了”。

窗外滴答滴答的雨声，响了一夜。

这些年，村干部带领村民整治环境，开办民宿，将这个零资产薄弱村，建成了远近闻名的美丽乡村。

背靠大景区，如何将绿水青山变成金山银山？村两委的第一步，是治理村庄环境。村两委带头，拆掉近200个露天粪坑，把几十年没清理的河道沟渠清理了一遍，再手把手教村民们垃圾分类。

“见谁家门前有垃圾，我不会去说，自己动手捡到垃圾桶内。不超过三次，这家农户就坐不住了。”许子兵说，干部带头实干，群众自然支持。

村里6000平方米的违建需要拆除，村干部先带头拆了亲戚家的违建。河道整治、人畜分离，乡村整治的大小事，村干部都冲在最前面。

刚担任村支书时，走南闯北见识广的许子兵就提出，应该依托区位优势，建成一个农家乐特色村。

村里没钱，许子兵大胆拍板：盘活村集体资产，公开拍卖村办公楼，新建办公综合楼。一时间，村民议论纷纷。

有人在会上“放炮”：不会是村干部企图变卖房子，自谋福利、中饱私囊吧？甚至还有人，当面指着许子兵鼻子，骂他“败家子”。

走不了路的老父亲，最为气恼。他让人推着轮椅，跑到村部，那暴怒，就差跳起来了。

老父亲质问他：“子兵啊，你都听听，外面怎么议论你的？咱家一世清白，可丢不起这个人！”

许子兵有自己的定力：村口新建办公楼位置好，如果用于出租，可以迅速增加村集体收入。

终究还是有些见过世面也志同道合的人支持他。楼盖起来了。

果然，综合利用后的办公楼一部分被主题酒店租去，村集体年增收 20 万元。

环境好了，游客多了，钱包鼓了，村干部又在谋划着未来：只有形成完整的产业链，才能让村民从“一时富”，变为“一直富”。多方争取下，“四季花海”项目落户上横街村。这个占地百余亩的地块今后将种上各色花卉，不仅四季鲜花盛开，还将设置露营、烧烤等功能区和灯光秀，吸引更多游客前来。

“请局长下河游泳”

还记得那个悬赏邀请局长下河游泳的人么？他说的那条黑臭河，现在成景区了。

“我出20万元，邀请环保局局长下‘黑臭河’游泳20分钟！”

2013年春季，一条微博让人们记住了这个叫金增敏的温州人。

让他痛心疾首的是自家门前的小河，叫金光堡河，位于温州市瑞安市。儿时记忆中的鱼虾不见了，扑鼻的恶臭让人不敢近身。

很快，这条微博引爆了网络。

紧接着，人们发现找局长还是不行，“还是请市长下来游游泳”。后来，不仅在浙江，全国各地都在质问当地“父母官”：“小时候的清清溪流去哪儿了？”

此起彼伏的网络沸点背后，其实是老百姓对身边环境的焦虑和不满。金光堡河全长仅有500米，是一条小得不能再小的小河了，但因那条微博而名噪天下。

牢骚发了，恶气出了，但改变面貌终究要靠人来干。

“河长”阙瑞东记不清自己多少次来到金光堡河边。多年来，因周边污水直排入河，加上河水基本没有流动，河道长年处于黑臭状态，严重影响了沿河居民的生活。

当地干部说，他们多次对金光堡河开展河道整治，清除淤泥2.2万立方米，将其从“臭水沟”恢复成河道。同时，多次上门与违章业主沟通，并拆除沿岸违章建筑1.7万平方米。

沿河而居的金光村村民也行动起来，通过集资、投工投劳，使昔日的垃圾河面貌大为改观。每到端午，这里还成为龙舟竞逐的旅游胜地。

“千万工程”推进过程中，浙江充分遵循了这条原则：始终坚持“群众视角”，从群众最关心的事情做起。一件件民生小事成为一个个着力点，让广大农民直接感受到了获得感、幸福感。

也因为坚持群众视角，无论是偏远农村，还是工业重镇，这项工程越推越顺，形成了强大的内生动力。

宁波市鄞州区姜山镇走马塘村，被誉为“中国进士第一村”，村中小桥流水，古巷幽深。一条长约百米的古街横贯村庄，沿街木结构的老房子多为二层楼。庭院碑刻、陈氏祠堂等古建筑，均保留着江南水乡固有的古朴韵味。

依托独有的古建筑资源和旅游风景路线，村里做细做精美丽文章，以鹅卵石、酒坛石臼、盆花藤蔓等点缀物将独立的美丽庭院串联成走马塘特有的古韵水墨画，打造美丽乡村。

村庄的庭院建设主要还是由村民们负责管理，每年都会通过评比来选出优秀示范户，村里还专门制定了相应的奖惩制度用于规范

金华市永康市前仓镇历山村福建寮自然村公厕　谭孝军 摄

化管理。

村庄美起来了，城乡产业也要跟着绿色转型。这几年，“中国五金之都”金华永康，明显变“轻”了。

早些年，永康经济由金属压延、防盗门、电动工具等传统五金产业唱“主角”，伴随着呛鼻的油漆、刺耳的电锯、杂乱的出租房、潮水一般的务工者，永康给外界的印象一直是“粗”和“重”。

一个杯壁只有 0.11 毫米的轻量杯，与传统的不锈钢保温杯相比，重量减轻 30%、容积扩大 10%。金华市政协副主席、永康市委书记金政说，近年来，永康立足五金制造优势不变，探寻高质量发展新路径，产业成色由“重”变“轻”。

如今的永康五金产业，科技和创意让金属变得炫酷，直播和海淘让销售更显轻盈，信息和智能装备加载更高效能，从“贴牌”走向“品牌”，让“微笑曲线”嘴角上扬，绿水青山重回这座丽州古城……

“火车头”领跑“绿富美”

一批优秀的“村支书”一马当先，带着农民一起干，改变了家乡的面貌和发展轨迹。

曾经，衢州市柯城区范村村80%以上的农户养猪。因为环境脏乱差、味道难闻，村里办的红白喜事酒席，客人甚至都难以下咽。

如今，范村村绿树碧水环绕，农房青瓦白墙。农房门前屋后的违章建筑、猪棚、边角地等经过拆除清理，“见缝插绿”，种满了珍贵树种——浙江楠。

从免费的树苗没人要，到村民抢着种树护树，变化背后大有文章。

推进农村人居环境建设进程中，柯城区于2017年实施“一村万树”行动，利用农村边角地、废弃地、荒山地、拆违地、庭院地等，种植适合本地的珍贵树、收益较高的经济树、观赏价值较好的彩色树。

2018年，柯城区又创新推出“一村万树”绿色“期权”：企业、机关事业单位及社会团体可付费认购“资产包”，每份含有100株珍贵彩色树木，3万元认购5年周期，5万元认购10年周期，到期后获得50株树木的处置权。

家庭和个人及特定群体也可以认购“个性定制”绿色“期权”：以1株珍贵彩色树木为单位，5年认购期费用500元，到期后可交割、转让、捐赠等。

随着树木成长，资产包到期时移栽半数，符合树林降低密度的需要，也不会影响整体美观。

“这瞬间点燃了村民种树护树的热情。”范村村党支部书记吴梅仙感慨地说，绿色“期权”带来直接收益，扭转了村民的思想观念：植树造林、美化环境，以前是负担，现在是生产力。

最近两年间，范村村新种植 3 万多棵树，整个村庄面貌焕然一新。目前，这个村已经卖出 25 份资产包，总收入超过 100 万元，其中 70% 归属村集体，用于树木日常养护等，30% 直接归属村民。

村民是最大的受益者。除了资产包占股，一些村民在家附近以打零工的方式种树、护树，一天也能有百余元的收入。此外，绿树成荫的乡村环境，还促进当地休闲农业、民宿经济等发展。

柯城区与杭州市余杭区，是浙江省山海协作战略下的结对县区。“一村万树”绿色“期权”，也正成为落实这一战略的有机载体。

位于余杭区的浙江圣丹实业集团有限公司认购了一份 5 年期资产包，认购牌就挂在树林旁边。对这样有参与感、获得感的协作支援，企业更有积极性：既能看到实实在在、茁壮成长的树，还能有可预期的经济效益。

乡村面貌进一步美化，农民多渠道受益，企事业单位认购有积极性，不浪费土地、低成本、可复制推广……“一村万树”绿色“期权”，

衢州市柯城区石室乡荆溪村花海　许军 摄

让农村人居环境建设变成有内生动力、多方共赢、可持续的共同行动。

环境变化，给乡村发展带来无限可能。而驱动这种良性循环，“第一步”并不容易。

选好一个人，改变一个村。

走访浙江数十个美丽乡村，每一个乡村蝶变故事的背后，都有一位“领头雁”式的村党支部书记，他们在激活基层组织凝聚力战斗力、带领村民发展产业、驱动乡村全面振兴等方面发挥着不可替代的作用。

2005年时，杭州市临安区板桥镇上田村还是个“问题村”，村容落后、村务搁浅，村民贫困且尚武好斗。如今，这个村变成远近闻名的美丽乡村，村民富裕自信，书法和武术文化兴盛。村民们说，“老支书”的儿子潘曙龙应邀返乡担任村党支部书记，是上田村振兴的拐点。

“当时公开竞选，85%以上村民选我当村干部，这是莫大的鼓励和压力，必须全身心投入。”潘曙龙说，老乡们的期待让他下决心转交生意，转而延续父亲的人生轨迹，将村务作为自己的事业。

十多年来，从刹住党员、村民代表“拿工资开会”的风气，到治理村容环境“脏乱差”，再到乡村重新规划，引导村民种茶叶、重拾书法和武术文化，上田村面貌焕然一新。

一批优秀的“村支书”，凭借自己的能力、威信和无私付出，带着农民一起干，改变了家乡面貌和发展轨迹。

“三根清香”与农家窗台

富春江畔，“三根烟囱”被拆除，宣告造纸业的时代结束。农户窗台的花朵，摇曳着新时代的春风。

富春江四时都是美景，但不和谐的是江岸边、高速口矗立的三根烟囱。

在杭州市富阳区富春江畔，三根120米高的烟囱一字排开，位置扎眼，富阳人戏称它们为“三根清香”。

每到此地的摄影师都暗暗叫苦：这么好的景致，可惜了。

烟囱是拆是留？2019年8月，当地对此进行了一轮全民投票。当时市民有争论：有的说，烟囱是工业遗存；有的反驳，十来年的建筑称不上遗存，留着只有遗憾。

出人意料的是，烟囱的“主人”、浙江三星热电有限公司总经理陈家泉在“拆除”选项打了钩：“虽然感情上有不舍，但我们有责任共护美丽富春江。”

最终，持“拆除”意见的市民占了近八成。

2019年10月14日，三根大烟囱开始实施拆除。以此为标志，烟囱背后的富阳造纸产业腾退转型，也进入了收官期。

富阳区有条蔡伦路。听名字就知道，这个地方和造纸有不解之缘。

就在这条路上，一棕一蓝两根直径 70 厘米的供热管线并排，绵延数公里。过往的汽车荡起尘烟，一江清水与两岸污浊的斗争历史也在空气中久久回荡。

富阳是我国“造纸之乡”，手工造纸历史悠久。改革开放后，富阳人继承传统工艺，大力发展造纸工业。20 世纪 90 年代，富阳建立了三个造纸工业园区，行业迎来高速发展，主要以生产白板纸、箱板纸、特种纸为主，成为当地的支柱产业。

“效益好的时候，造纸就像印钱。”当地一位从事造纸业多年的民企负责人说。

造纸为富阳带来了巨大的经济效益，但高速发展的同时，环境污染问题也日益凸显。

拥有 40 多家造纸厂的大源镇，溪水变黑发臭，鱼虾绝迹。村民郎连根回忆：“一到夏天，沿溪两边的村庄就弥漫恶臭。村里的老人不得不像候鸟一样迁徙，跑去城里儿女家。”

三星热电的到来，结束了造纸企业自产工业蒸汽的历史。2003 年 9 月，唐建新成为三星热电第一批员工，他们的任务是通过集中供热减少行业污染，“刚来的时候，臭气扑鼻，门窗不敢开，粉尘满天飞，眼睛也睁不开。”

“过去的 16 年间，三星热电为提高能源综合利用率，缓解江南片区供热、用电矛盾发挥了重大作用。”杭州市生态环境局富阳分局副

杭州市富阳区东梓关村　何玲玲 摄

局长陆兴龙说。

但时至今日，造纸这个曾经带给富阳一方富裕的产业，已经不再适合如今的富春湾。为行业供热的三星热电也完成了其历史使命。

浙江很多县市区的地名很美，富阳便是其一。何为“富阳”？当地百姓解读为“富裕、阳光”。

富裕不缺，阳光成了奢侈品，健康的问题开始引人担忧。

提到富阳，不得不说黄公望的《富春山居图》。

据文史专家考证，富阳是这幅旷世名作的原创地和实景地，人们一直以此为豪，也对环境有着很高的期待。

对“实景地”一说，学界曾有人质疑。

啥也不说，摄影师把江景、山景、林景等拍下来组合成一幅画。

果然，与《富春山居图》贴身对比，几乎可以一一印证。

“‘绿水青山就是金山银山’，随着城市高质量发展步伐的加快，以及群众对高品质生活的追求，高污染、高能耗的造纸产业必须尽快完成腾退转型。”富阳区委书记朱党其说，“告别‘三根清香’，是富阳告别旧的发展模式、开启高质量发展的一个标志。”

富阳与造纸业，可谓“相爱相杀”。爱的时候，好得不可开交；诀别的时候，却也义无反顾。

近年来，富阳先后实施了 7 轮造纸业整治，关停淘汰造纸企业 461 家，有效改善了区域环境质量，境内富春江干流水质稳定保持在

Ⅱ类，出境断面水质持续保持优秀。产业腾退转型后，这里将建设一座富春湾新城，一批高科技企业争相入驻。

在江南的春天里去富阳，正是杜鹃花盛放的时节，“乡村百花大会”打擂正酣。农户窗台上、墙角箩筐内、旧单车车篮里，都有鲜花草木装点着。村民都明白，“百花大会”拿个好名次，村里人气会更兴旺。

按照浙江省“千万工程”的蓝图部署，当地干部群众自拟了“方言版”美丽乡村“三字经”：首要的是“拆违建、清溪流、堆整齐、扫干净”，而后“种满园、点漂亮、增收益、人和谐”，让美丽庭院变“美丽经济”，成为村民和游客“诗意栖居”之地。

农家一扇窗，时代一扇门。

在大批由温饱迈入小康的农村地区，农民生活也正经历从“将就”到“讲究”，从“治乱”到“审美”的变革。

“富口袋”，而后更会“富脑袋”。

对浙江不少农民来说，琴棋书画不再有遥不可及的艺术门槛。踏进杭州西郊的外桐坞村，这个飘着茶香的小村落中，越来越多的村民加入了书法创作行列，还屡屡获奖。村里的孩子们，受租住在这里的中国美院老师影响，耳濡目染，接受艺术启蒙。大学生村官陈丽利说，多数村民和老师有协议：给娃上书画课，可以免去房租。

“入眼皆是绿，全域大花园”正成为一些区域新时代的新追求。

朱党其说，富阳区拥抱富春江，拥抱大都市，拥抱新时代，努力实现与杭州大都市高质量一体化发展，打造富裕阳光的大都市新型城区，全力打造现代版《富春山居图》最美示范区。

按照“房子有人居住、土地有人耕种、产业有人兴旺、‘三园’有人美丽、文化有人传承、和谐有人构筑”的“六个有”工作目标，富阳走出了一条新时代乡村振兴之路。

从乡镇民营经济勃发开启的乡村“裂变”，到2003年“千万工程”驱动的乡村“蝶变”，再到城乡融合发展、各美其美的“聚变”，浙江实践为协调发展、全面建设小康社会，探出一条道路。

鲁家村转身“三十六计”

反客为主、无中生有、合纵连横……鲁家村能有今天，靠的是一步一个脚印，苦干加巧干。

浙北天目山余脉，鲁家村静卧在群山竹海之间。

鲁家村，却没有一户姓鲁——正像这个村最大的发展秘诀：“无中生有”。村民们活用“三十六计”，让曾经破败的小山村变成了“绿富美”。

鲁家村把休闲观光农业作为村里的支柱产业，因地制宜建设18个家庭农场，形成家庭农场聚集区，并建成农业高科技示范园，全力推进国家田园综合体建设。

第一计，反客为主，从“看着心里急”到“撸起袖子干”。

早些年，鲁家村是一片衰败景象：土坯房、简易厕所和违章建筑随处可见，环村的鲁家溪满是垃圾，下大雨还要发洪水。村民多外出打工，留下大片荒废的农田山林。

第一步，要有能人，带村出困。

从鲁家村走出来的朱仁斌，少年习武，1990年考取河南大学武术专业，成为一名科班大学生。毕业后，他当过体育老师、武术教练，后经商多年。脑子活、人脉广、敢闯敢拼、能干会干，是村民对他的一致评价。

上级党委认为，鲁家村缺一个坚强的领导班子，动员朱仁斌参加竞选。村里的村民、长辈也劝他，有能力就帮帮乡亲们。2011 年，朱仁斌回到村里，经选举当上村支部（后获批村党委）书记。

第二计，无中生有，让小村从“一穷二白”到“一片生机”。

乘着色彩斑斓的小火车，穿过 18 家各具特色的家庭农场，沿途蜡梅在春风中盛放，淅沥沥的小雨让竹林更显葱翠，乡村美景吸引大批游人纷至沓来……

这些完全是“无中生有”的乡村盛景，在几年前还不可想象。

2005 年，村里经济全县倒数——村账上躺着 6000 元，外债却达 150 万元。没有名人故居、没有古村落、没有风景名胜、没有像样产业——这样一个“四无”村，如何找到出路？

从改变村庄面貌入手。但巧妇难为无米之炊，没钱怎么办？流转土地资源，筹得 500 多万元；发动乡贤捐款，一壶清茶换来 300 万元；东奔西走，到部门争取项目资金……

凑起来的钱，办了幼儿园，添了篮球场，铺了水泥路，通了自来水，修了办公楼，建了污水处理池……短短几个月，这些变化让村民刮目相看。

两年后，鲁家村成功获得“美丽乡村精品村”的称号。面子有了，更重要的是充实“里子”。这些年，鲁家村建小火车游览线路、布局 18 个家庭农场、引进旅游公司等，件件都是“无中生有”。

第三计，草船借箭，筹措启动资金，撬动良性循环的“气动阀”。

建设之初，看着精美的规划图，村民先是瞪大眼，“这么好？”后是摇摇头，“不可能！”

公示时，300万元标的项目，快过公示期了也无人问津。为啥？投资商嫌村里穷，怕付不起。

村民们只好各展所长，朱仁斌也去向以前的生意伙伴求助，筹集启动资金。这其中，他自己垫了60万元。

第四计，抛砖引玉，栽下梧桐树，引来金凤凰。

村里基础设施的“四梁八柱”有了，村民协商后自主申报美丽乡村项目，变“要我干”为“我要干”。

这下，9个自然村你追我赶，积极性被充分调动。

此后，鲁家村的发展势如破竹。2013年，村里提出了更高的目标：创建中国美丽乡村精品示范村。

让美丽环境转化成美丽经济，必须有产业支撑。为此，村里花300万元作了整村规划。“既要提升环境，也要走差异化产业之路。”朱仁斌说，那些日子，他天天揣着PPT招商，领着一拨拨客商考察，好项目纷纷落地。

对家庭农场，村里决定引入专业旅游公司。权益分配上，旅游公司占股51%，村集体占股49%。步入正轨后，每年可为村民分红600万元以上。

第五计，合纵连横，抱团发展壮大“田园鲁家”。

细雨中，来自湖南永州的考察团队成员乘着小火车，边走边看边听解说。看到每天能接待十来拨考察团，鲁家村顺势建起了“两山”培训学院，将“绿水青山就是金山银山”的理念、模式、技术等向全国输出，成为一项新兴的“知识产业”。

中国十佳小康村、首批国家农村产业融合发展示范园、首批国家田园综合体示范点……荣誉接踵而至。发展起来的鲁家村没有孤芳自赏，而是积极“助攻”周边3个行政村，扩大“朋友圈”实施抱团发展，共创AAAA级旅游大景区。

作文里的南官河

2008 年第一次去，2020 年再去，十里长街时光变迁，污漫之地被繁华盛景取代。

东海之滨，民谚“温黄熟、台州足”中所说的三百里温黄平原，河网密布。

公元 907—931 年间，吴越王钱镠大兴浙东、浙西水利之时，在温黄平原上开凿出一条河。这条名曰南官河的水流纵贯路桥古镇南北，素有“浙东小运河”之称。

一千多年来，这条河成为贯通台州市黄岩、路桥、温岭等地之要道，两岸数度商贾云集，市井繁华。

勤劳的人们在河岸垒上石块，在河水上面用石条建成可以行车走马的石桥，在河的两边用石头、木头、砖瓦盖起了有阁楼的房子。

世代更迭，河水安澜。

改革开放后的一段时间，路桥成了和义乌几乎齐名的小商品集散地，小作坊式的制造业铺天盖地——滚滚财富和汩汩的污水，同时涌进了南官河。

“90 后”青年王金伟，小时候写过命题作文《家乡的河》：临河人家的窗户从没开过，有的装了双层玻璃，却挡不住奔涌而来的恶臭……

“自从附近经济发展、建了厂房后，坝头村就租住进了好多外地居民。本村人近 600 名，外地人却有 1000 多人。”沿岸村民说，很多外地租户为了省钱、方便，也不管河水是不是干净，都跑到河边用河水洗菜、洗衣服，水越洗越脏。

2003 年，几乎与浙江省“千万工程”同时起步，路桥区启动旧城改造一期工作，对南官河流经的主城区——南起卖芝桥、北至河西街的房子实施改造。

这段河沿岸，是当地著名的“十里长街”。

“老街的外观立面用了传统材料、旧材料，又采用了传统工艺，修旧如旧，保留了原本的格局和景观，修缮后的房屋也能满足人的使用需求。”记录老街变迁的摄影爱好者说。

最近几年，“五水共治”让河流换了容颜。

“以前的南官河，河水乌黑像墨池，水面漂浮着各种垃圾，还发出恶臭味，人们从这儿经过时都捂着鼻子，匆匆离开。”路桥路南小学学生李昊伽虽然说不出“五水共治”的含义，但却看得到它带来的变化。

孩子的眼中，“墨池”已变身“绿宝石”。

在作文中，他用细腻的笔触写道：来到南官河边，我看见了清澈的河水。河水上漂浮着树叶，好像汪洋里的几叶小舟，随着河水到处漂荡。河水是深绿的，像一块绿宝石，正闪耀着光芒。南官河非常长，就像绿丝带一样，贯穿着整个路桥。有时微风吹拂着河面，微波荡漾，像是在和我们打招呼呢！太阳照下来，水面波光粼粼，像小朋友们晶亮的眼睛正在一眨一眨的呢！

再去十里长街，时光变迁，污漫之地被繁华盛景取代。

站在桥头四望，一边是桨声灯影，一边是霓虹斑斓。

大学毕业后的王金伟，在沿河的店铺开了家小店，一面临河、一面临街、一面临桥。临街的一面，窗户 24 小时不关，上书四个字“诚信商店”。

小店无人值守，卖的是糖果等小东西，旁边是个记录本，一个投币的小纸盒，还有两张打印的二维码。

“东西几乎没丢过，我也越来越有信心。”王金伟说，“记录本里的留言也很暖心，我的诚信试验是成功的。”

第五章

逐梦“美丽乡村”

美丽乡村遍地开花，美丽经济蓬勃发展。这是让人向往的江南水乡，也是让百姓安放美好生活的诗画田园。

从盆景到风景，从量变到质变，美丽乡村建设不断迭代升级；山水相连，城乡协调，以绿色为底色的“大花园浙江”轮廓尽显，各美其美、美美与共。

全省一个“大花园”

建设浙东唐诗之路、钱塘江诗路、瓯江山水诗路、大运河（浙江）文化带等“四条诗路”，谋划十大名山公园、十大海岛公园，“诗画浙江”工笔画日渐绚丽。

“欲把西湖比西子，淡妆浓抹总相宜。”

山明水秀、晴好雨奇的杭州，浸透着江南韵味，凝结着世代匠心，是生态文明之都，也成为“美丽中国”样本。

“花在村庄中，村在花园里”，杭州市西湖区作为杭州全域美丽的核心地带，近年来呈现出村容整洁、乡风文明、农民增收、产业发展的美丽乡村新气象。

生态环境是杭州最具魅力、最富竞争力的独特优势和资源。如何持续优化生态环境，走出一条具有特大城市特点的“两山”发展新路子？

随着加快打造“诗画浙江”大花园的提出，浙江城乡正迎来新一轮蝶变。

比如作为杭州的生态屏障和新城区，临安用“全域景区化”战略为城市化进程中的“两山”论，给出了“临安注解”。农家乐和民宿疏朗有致，与临安的山水相得益彰，“全域景区化”源源不断地为“城里客”带来惊喜，为原住民带来收益。

数字经济、人工智能、“新制造”驱动经济体量跃居各县（市、区）首位；良渚古城、大运河、大径山、西溪湿地展现厚重文化与优美生态……一边是互联网大数据的高速运转，一边是山、水、林、田、湖、草的和谐共生。“出则繁华、入则静谧”的都市诗意生活，正在杭州余杭大地演绎。

浙江省统计局发布的全省2018年度生态文明建设年度评价报告显示，余杭区绿色发展指数居全省所有县（市、区）首位。这些年来，余杭以省级生态文明建设示范区命名为新起点，守护一方蓝天碧水和净土，为推动区域高质量发展和高水平保护、建设“全域美丽大花园”奠定坚实基础。

2020年的浙江省政府工作报告提出，推动衢州、丽水大花园核心区建设，新建大花园示范县（市、区）30个，串珠成链推进“四条诗路”千万级核心景区建设，加快打造十大名山公园和十大海岛公园，有序推动景区门票降价，创建国家全域旅游示范省。

浙江省发改委公布的《大花园建设行动计划2020年工作要点》指出，要深化“两山”转化改革，制定县域GEP（生态系统生产总值）核算地方标准，在大花园核心区、大花园示范县试行GEP核算监测，开展“两山银行”试点。

从杭州至宁波，在高速公路上行车，眼前的绿色连绵不绝。高速道路两侧树木整齐划一，四季颜色变换，远处丘陵山峰竹木相间，像丝绸一样延展。

宁波是港口城市、制造业重镇，也同样是城乡一体、绿色为底的花园城市。

2019年，宁波城镇居民人均可支配收入64886元，农村居民人均可支配收入36632元，城乡居民人均收入比为1.77∶1，百姓富裕，城乡协调。

多年来，宁波以象山、四明山区和慈溪三地为代表，重点推出“斑斓海岸”“五彩四明”“绚丽浙东”三种类型的农村文明示范线，展示美丽乡村的风景线和农村文明进步的足迹，环境洁美、生态优美、生活甜美、乡风和美的“桃花源”连点成片。

把美丽转化成生产力。如今，宁波养生经济、运动经济、休闲经济风生水起，“景美村强民富”的局面正在形成，精品民宿、乡村酒店、特色庄园、慢生活区、创意农业等新业态动能澎湃。

浙江美丽乡村走在全国前列，离不开以“千万工程”为载体的一揽子系统工作扎实推进。“美丽公路”连接美丽庭院、精品村、整乡整镇美丽乡村、美丽乡村先进县，串点成线、连线成面、聚面成体，将秀美乡村、绿水青山、现代城市融为一体。

“诗画浙江”大花园里，绿色已成为浙江发展最动人的色彩。

走进温州楠溪江畔，在青山绿水间触碰古朴清新；漫步在柔软的沙滩上，感受洞头的海天一色；置身泰顺廊桥，追寻岁月的痕迹……乡村旅游、海岛旅游、生态旅游等丰富的旅游业态，在温州这片土地上描绘出“浙南美丽大花园”的绚丽蓝图。

温州西部生态休闲产业带作为浙江省大花园建设重点平台之一，2020年的重点工作是谋划建设乡村振兴重点产业项目。突出农业园区、乡村民宿、森林康养、乡村旅游等乡村生态休闲产业项目，推进乡村一二三产融合发展。加快推进西部生态休闲产业带180个项目建设，全年完成投资80亿元以上，确保完工项目40个以上。

从北到南，由陆向海，浙江通过加强对旅游资源、生态环境、公共服务、政策法规、文明素质等优化提升，实现区域资源有机整合，不断催生“乡村 +”“旅游 +”新业态，带动浙江美丽经济呈现勃勃生机。

丽水写出美文章

青山藏有好风景，丽水写出美文章。望着逐渐变清的溪流，老百姓在思考：这清丽的山、水、林、田、湖，还有叶子和空气，能不能变成真金白银？

2005年，在江西抚州市承包经营电视广告生意的杨昌兴回老家探亲，看到深山里的老家——丽水市遂昌县西畈乡举淤口村，几乎被世界遗忘，到了消失的边缘。

这个时候，西畈乡干部闻讯赶来，动之以情，请这位“能人”回村改变老家的面貌。

经过三个月考虑，杨昌兴决定放弃生意回村。村委会主任选举之前，他做的第一件事，是写下一份竞选承诺书，挨家挨户亲自送到村民手里：三年后村里有没有变化，你们拿着这张纸来问我。

2007年年底，杨昌兴当选举淤口村村委会主任。怎么兑现承诺？面对一穷二白的举淤口村，各项事业都要钱，钱从哪里来？村民将信将疑、各家有各家的事，谁愿意为村里的事出力？

最让他委屈的，是村民的不理解、不信任。上任不久，杨昌兴开始整治村里的露天厕所、猪圈、牛栏，提出圈养鸡鸭狗，却遭到村民一致反对，有村民甚至直接到老杨家门口骂。但杨昌兴没有放弃。

对于村民随地丢垃圾的习惯，他想出个怪招：只要把垃圾捡起来，扔进垃圾桶，你的头像就能贴到光荣榜上！不久，村口的宣传栏贴出上百张照片，记录下村子里男女老少捡垃圾的场景，给了村民很大的触动。

“头三年，村里做了 15 件实事。”村民杨昌宏参与环境整治，对村里的变化历历在目：拆除、改造 40 余座露天厕所、猪圈、牛栏，全村实现“生活污水—沼气—菜园”的循环治理；在河床下埋设橡胶硬管，40 亩旱地变成水田；改造 700 亩毛竹林，引进客商进村竞价收购，仅毛竹这块每年增收 20 万—30 万元……

衰败的乡村，就像被卡住的齿轮，一旦拔掉梗阻，再推上一把，

丽水市景宁畲族自治县东坑镇寨深垟村“石墙开花”　翁忻旸 摄

美妙的变化也往往超过预期。

如今，沿着村道往里走，乡间小路两旁，竖着一幅幅画框。驻足观赏，金色的稻田、嬉戏的牧童、静谧的村落……一幅幅生动优美的田园风光，与周边的良田、农舍相映成景。杨昌兴敢拍着胸脯说，现在你到村里走一圈，保证你找不到一个烟头。

走出大山，曾是村民的梦想，而如今，这座偏远山村却吸引着一个个考察团到来，甚至有美国、意大利等国的外国友人慕名而来。

1.73 万平方公里的丽水市，是华东地区的生态屏障，也曾是浙江省内的经济后发地区。

丽水的山是“江浙之巅”，海拔千米以上的山峰超过 3500 座；水是“六江之源”，瓯江、钱塘江、飞云江、椒江、闽江、赛江四向奔流。

山水吸引陈诗洁放弃了体制内的稳定工作，回到老家丽水市缙云县，承包一个 85 亩的老茶园。茶园里，儿子能和蚂蚁“对话”。

从省城杭州回到缙云县，又回到村里，步步回撤。城里节奏太快，待不下去了？以平淡为名，实际吃不得苦？她也问过自己这些问题。

2014 年，陈诗洁在缙云县河阳古民居开起茶铺——朱子阁老茶铺，卖的是老茶园的原生态高山野茶。目前，她成立缙云县农孵茶叶专业合作社和缙云县朱子阁家庭农场，构建产茶、制茶、卖茶的产业链，线上线下同步销售。

她利用美学设计的专长，不仅使自家产品设计好、销路好，还诚心帮同行们设计、布展。

“这四个字，就是品质的保证，也是销量的保证。”在自家古民居里，陈诗洁一边摆弄着各式各样的茶叶礼盒，一边把“丽水山耕”系列的产品放在最显眼的地方。

“丽水山耕”是陈诗洁最倾心的品牌，也是目前国内最成功的区域公共品牌之一。

“丽水山耕”品牌主形象以“丽”“水”两个汉字为基本构图元素，将“丽水”二字有机交融，形成一幅生动的丽水梯田形象；以绿色为主色调，象征着丽水农业的生态绿色环保；整合形象主体更象征着丽水农业的“丽耕”模式。

把农产品的形象立起来，农业才会有长远发展。

2014年，丽水市整合景宁惠明茶、庆元香菇、遂昌菊米、处州白莲等农产精品，委托浙江大学的品牌规划团队，创建了地级市区域公用品牌——“丽水山耕”。

“丽水山耕”美如其名，被赋予生态属性，成为浙江省生态农业的一张金名片，已累计发展农业主体超过700家、合作基地超过1100个，品牌生态农产品年销售额超过40亿元。

贴有“丽水山耕”标志的农产品，市价平均提升30%以上，溢出的部分是“生态”附加值。

通过基地直供、检测准入、全程追溯等标准建设，丽水农业公用品牌“丽水山耕”已经建立粮食、食用菌、蔬菜、禽畜等合作基地1122个，累计销售额超过130亿元，品牌估值达到26.6亿元。

品牌化、规模化、电商化，组织协作、专业分工……丽水通过市场化运作方式，让条块分割、自给自足、逐渐边缘化的“小农经济”变成奇货可居的“生态经济”，在更广阔的市场中兑换出更高的市场价值。

继“丽水山耕”的成功实践之后，“丽水山居”集体商标近日也注册成功，标志着丽水市的农家乐、民宿也正式拥有了区域公共品牌。这也是浙江省首个地级市注册成功的农家乐、民宿区域公共品牌。

2018年，丽水市4300多个农家乐、民宿接待游客3451万人次，实现营业总收入41亿元，分别同比增长24%、33%。

浙江的老百姓头脑灵活，长于经营。望着逐渐变清的溪流泉水，他们也在思考：舍弃了工业发展速度，保护了绿水青山，这山、水、林、田、湖，甚至空气能不能兑现成有价之宝？生态产品价值能不能保值增值？

丽水市探索生态产品价值实现机制，多管齐下，拓展“绿水青山”变成“金山银山”的通道。

2004年，丽水市制定实施《丽水生态市建设规划》；2006年，将“绿水青山就是金山银山”理念确立为根本性战略指导思想；2009年，制定实施生态文明指标体系及考核办法；2016年，将每年7月29日确定为“丽水生态文明日”。

在丽水，有“最严生态标杆”。浙江省于2013年取消对丽水的GDP和工业总产值考核指标，丽水就此专注探索绿色振兴路径，依照最严标准实施生态保护、治理和管理。目前，丽水市95.8%的区域被列为限制工业进入的生态保护区，建立产业准入负面清单；编制自然资源资产负债表，全面实施领导干部自然资源资产责任审计工作。

丽水与中国科学院生态研究中心协作，以生态物质产品、调节服务产品、文化服务产品为主体，形成动态监控、量化分析的GEP（生态系统生产总值）核算体系，并作为地方生态建设的重要衡量指标。

兑现生态价值，让“原生态”直面“大市场”。

有“植物活化石”之称的百山祖冷杉，近年自然萌发出430多株幼苗，是丽水生态文明建设的生动见证。作为丽水市庆元县连绵群山的最高峰，百山祖绽放的“生态之花”在于植物繁茂，也在于“生态利用型工业”与之共生共荣。

“美丽生态的价值，看得见、算得清。”浙江百山祖生物科技有限公司总经理王星丽列举了直观的例子：因为空气和水质量上乘，企业洁净车间过滤粉尘、漂浮物、微生物等成本明显降低，水处理环节耗材的使用寿命则延长一倍，每年能节省超过10万元。

也是因为看中生态优势，德资生物医药企业肖特新康选择在丽水投资生产。良好生态环境加上小城市的生活方式，让这家外企负责人——一对德国夫妇“找到了欧洲的感觉”，于是决定搬离高档酒店，在缙云县城买房安居。

江南老屋复活记

老屋空置了十几年，如今有了人气，久违的燕子也飞回来筑巢。从某种角度来说，修复的除了老屋，还有因老屋而联结在一起的人心。

烟雨江南，古村深巷，黄墙黛瓦氤氲在雾气之中。屋檐之下，几只燕子挤在窝里叽叽喳喳，不时在屋内低飞嬉戏。

搬回老屋居住的雷金玉说，燕子归巢是吉兆，我们回来，是舍不得根。

地处浙江省西南部山区的丽水市松阳县，建县已有 1800 多年历史，有中国传统村落 71 个，总量居全国第二，是华东地区传统村落最多、风格最丰富的县域。

然而，在城市化浪潮中，传统村落的生机与韵味被不断冲刷。人走了，老屋也黯然失色，被遗忘在山野乡间，在时间的沙漏里湮灭……

为了复兴传统村落的“根”与“魂”，一场“拯救老屋行动”正在松阳展开。断壁残垣的老屋在拯救中活了过来，传统村落的风貌文脉也就此展现出新的生机。

燕子衔泥，飞入垂杨处。与春燕一起“筑巢”的，还有古村的老人。

经过修缮，松阳县赤寿乡界首村村民雷金玉家的老屋重焕生机，一大家人在老屋里过了年后，就决定一直住下去。

老屋空置了十几年，如今有了人气，久违的燕子也飞回来筑巢。

一口井、一座庙、一棵大树，青瓦、灰窗、黄泥墙的老屋，依山傍水、错落有致，镶嵌在青松与梯田之间，构成了中国传统村落的典型意象。

修复老屋，就是留住日渐消失的乡村。

2016 年，在国家文物局原局长励小捷倡导下，中国文物保护基金会在松阳发起“拯救老屋行动”项目，提出两年内投入 4000 万元，对老屋进行修缮、保护和活化利用。

“拯救”的对象，是松阳县“中国传统村落”内除国保省保外的文物保护单位，以及第三次全国文物普查登录的一般不可移动文物中的私人产权文物建筑。

松阳县统筹成立“名城古村老屋保护发展工作领导小组办公室”（以下简称“老屋办”），重点保护构成中国传统村落完整风貌的历史建筑。

丢下手艺十几年后，年近七旬的老木匠宋德华在对老屋的敲敲打打中，又找回了往日的荣光。

使木刨紧贴原木，宋德华双手执耳、惯力前推，动作一气呵成。伴随一阵阵利索的摩擦声，轻卷的木皮应声而落，原木的清香扑面而来。

宋德华说，老屋的门，正背两面对称，要求插尖吻合、严丝合缝，修复难度最大，“眼神跟不上了”。

老屋无言，却默默地记录着主人一生的喜怒哀乐与悲欢离合，是一个家族血脉与文化传承的载体。

中国传统乡村民居的兴建颇有讲究，土木融合、榫卯结构、精致雕文等构成了完整的建筑美学，这也是老屋修缮工作的重点和难点。

在松阳参与“老屋拯救行动”的传统工匠超过700位，包括木匠、瓦匠、泥匠、篾匠等，几乎都是50岁以上的老匠人。宋德华前前后后收徒将近百人，目前最小的也50多岁了。

正厅的青石地面铺得严丝合缝，新修的窗棂与原有的构件浑然一体，翻新了瓦片的屋檐下，雕有精美花纹的撑拱历久弥新。

80多岁的三都乡酉田村村民徐连云，住了一辈子的老屋已经完成了修缮。见到“老屋办”工作人员，老人仿佛见到久别重逢的亲人，激动得一把抱住，连连感谢。

松阳老屋修复的技术保障工作由浙江省古建筑设计研究院负责。研究院制定修缮导则、概算指南、技术图册、项目验收规范等具体技术文件，形成了传统建筑修缮利用的“松阳标准”。

三都乡毛源村村民徐关善家的老屋已有150多年历史，修复时新增了卫生设施、采光明瓦，日常生活更加舒适便捷。

徐关善说，老屋修复了，村里的年轻人也愿意回家了，家族和村落风俗文化的“根”和“魂”也回来了。

修复过程中，老屋产权人都会参与其中。从某种角度来说，修复的除了老屋，还有因老屋而联结在一起的人心。

深入松阳老街，呈现在面前的不是一条外旧内新、有物无人的“仿古街”，而是一幅货真价实、活态尽显的传统生活场景。

老街在岁月中铺展延续，“百工”手艺也得以传承发扬。

旧日斑驳的门板、旧时坚固的木头桌凳，笃悠悠敞开门店迎客，家常的炉火上手工烘制的月饼热气腾腾、满街飘香，“煨盐鸡”“沙擂”等松阳特色食物，都是“小时候的味道”……

松阳人付出巨大心力，对老街实施“修补性抢救”，不求虚假繁

演员在丽水市松阳县叶村乡横坑村竹林剧场表演松阳高腔　郑梦雨 摄

荣的“里子工程”，造就了一条活着的“岁月长街”。

“这些建筑绝不仅仅属于我们自己，它们曾经属于我们的祖先，还将属于我们的子孙。”

英国古建筑保护协会的创始人威廉·莫里斯认为，民居古迹从任何意义上说，都不是当代人可以任意处置的对象。我们只不过是后代的托管人而已。

随着城市化、工业化的高速发展，包括松阳县在内的我国大量地区，正面临着传统村落逐渐走向衰败和消亡的困境。

中国传统村落保护与发展研究中心的统计数据显示，2000 年至 2010 年，中国自然村由 363 万个锐减至 271 万个，消失的村庄中便包含大量的传统村落。

“老屋修缮和保护，已经到了需要‘抢救’的危急阶段。”老木匠宋德华颇有感慨，实木结构的老屋一旦无人常住，毁坏的速度极快，而这些历史建筑一旦倾圮倒塌便很难复建。

对于文化遗产保护，修缮老屋建筑，传承生活方式，松阳有自己的深刻理解和创新实践。

松阳县委书记王峻认为，传统村落内成片错落分布的老屋，构筑了当地独特的农村历史风貌，是历代村民生产生活的根基，也是千百年来农耕文化赖以传承和寄托的载体。活态保护在民间，只有让当地人成为文物和文化保护的参与者、受益者，活态保护才能可持续。

松阳老屋修缮的费用来源，有精妙的制度设计：50% 由中国文物保护基金会补贴，20%—30% 由松阳县政府补贴，其余部分需由村民自主筹措。

夕阳映照下的杨家堂村，掩映在古树中依山而建、错落有致的老屋群泛着金光，田间快乐劳作的农民，悠闲自在的游客，还有间或响起的三两声农歌，古村落的独特韵味成为无数人的“诗和远方”。

望松街道王村中的王景（明初文士）纪念馆以原址老屋为基础修建。为保证工程质量，防止对原有建筑和自然环境造成破坏，王峻前后四十多次到现场指导，他说的最多的字是“不”！

这让王景的后人、王村党支部书记王根水深受启发：“以前觉得全部推倒建成新的就是好的，现在慢慢认识到保护的重要性。”

文化引领的乡村振兴带来“逆城镇化”现象——乡村展示了新的生命力和无限可能，不仅吸引本乡本土的年轻人回来了，连外地投资者也过来了。他们视野开阔，能感知深山老林里古村落的灵魂与价值。

2015 年，走出农门上大学、离乡 21 年的谷增辉，带着设计团队回到故乡松阳县四都乡西坑村。

“大拆大建、过度商业化，不是保护传统村落，只会带来‘现代空心村’。”对于传统村落的“原汁原味”，谷增辉颇有体会。

他与村民沟通，租下闲置了十几年、濒临倒塌腐朽的老房子进行修复。2017 年 5 月，由老房子改建的“云端觅境”民宿开业。在这里，游客“闭上眼享受的是现代生活，睁开眼扑面而来的是乡村意趣”，这样的体验也给民宿带来超过预期的运营效益。

隔壁 70 多岁的叔婆会绣花，老屋榫卯结构的 35 根房梁竟是不识字的“土师傅”做的……在返乡创业青年叶丽琴看来，这些就是传统村落让现代人心驰神往的独特魅力。

古村落是千百年来中国乡村农耕文明场景的“活化石”，原生态的中国乡村，更是具有国际魅力的中国文化载体。

人居环境改善、生态修复、文化复兴、人气回流……以老屋等“低级别文物”修复为切入口、助力传统村落振兴的松阳实践，为乡村振兴带来了诸多启示。

一场“拯救老屋行动”，既保护了古村独特的历史韵味，又使其经匠心般打磨，成为如今江南万千美丽乡村中的璀璨明珠。

南湖边的城乡对话

农村的发展赶上了城里，好山好水好空气，让城里人都向往！作为中国革命红船的起航地，嘉兴正成为均衡协调发展的先行者。

曾经的养猪大县——嘉兴市海盐县，如今实现了华丽转身。

2012年以来，海盐建成美丽乡村63个，并成为浙江省美丽乡村创建先进县、全国美丽乡村建设标准化试点县。

2018年，海盐全年跨行政区域河流交接断面水质考核良好；3个国考水质断面达到Ⅲ类水质，8个市控及以上断面Ⅲ类以上水质占比由上一年度的50%提高到75%。千亩荡饮用水水源地水质保持Ⅲ类水稳定达标，首次实现全年水质达标率100%。

杭嘉湖一直是江南的“鱼米之乡”，嘉兴则还有一张更特殊的名片——南湖，中国革命红船起航的地方。

经历了改革开放几十年的高速发展，嘉兴的干部也在思考：共同富裕怎么实现？城乡二元能否打破？嘉兴能否成为均衡发展的先行地？

今天的嘉兴，创新活力更强劲，城乡区域更协调，对外开放更深入，成果共享更普惠。中国革命红船起航地，如今已成为均衡协调发展的先行地。

在嘉兴，农村的发展赶上了城里！

见过世面的嘉兴市平湖市当湖街道通界村村民胡永良，对嘉兴很满意。

1995 年，胡永良退伍回乡，为筹措 6 万元做买卖，向 20 多个亲戚战友借了个遍。这些钱差点难倒了这条汉子。

对浙江农民而言，那时候是个做买卖的"黄金年代"，只要敢闯荡、能吃苦，到处是商机。

大家抢着做生意，村里人一户带一户，产品国内国外都能销售，全村发展一个产业也没问题。那时候，大家也根本顾不上环境，都只

想着先把钱挣到手再说。

胡永良回忆说，平湖紧挨着上海，那些年平湖的生意人尽管赚了不少钱，但特别羡慕上海：干净整洁的环境，精致体面的劳动者。

如今，嘉兴农村成了上海人最喜欢的度假地之一。这让胡永良感觉“扬眉吐气”。

平湖市当湖街道通界村，现在家家户户都住上了新房，胡永良也搬进了新小区，物业和城里一样。

“好山好水好空气，村里生活让城里人都向往。”通界村党总支书记毛建明说，2018 年，村集体经济收入 192 万元，而 2006 年，村收

在嘉兴市海盐县举行的水上国际赛事　徐昱 摄

入不足 10 万元。

嘉兴市嘉善县洪溪村也叫“篮球村”，因为看球、打球是村民的最爱，年复一年就形成了篮球传统。

村里拥有 3 支篮球队，每年都会举行“全国最小的篮球联赛”——洪溪村社级篮球赛。参赛球员年龄跨幅很大，上至 64 岁，下至 18 岁。每逢球赛，村民们便会蜂拥而至，球场上的呐喊声、助威声此起彼伏，颇为壮观。

男人打球，女人则跳舞，从乡村跳到城市，从田间地头跳到音乐厅。

洪溪村还有一支远近闻名的“辣妈宝贝”舞蹈队，成员都是村里各家的“家里的”，却多次登上东方卫视、浙江卫视、山东卫视、江苏卫视的舞台，还舞进了在北京人民大会堂举办的全国乡村春节联欢晚会。

舞蹈队的壮大，离不开村党委书记陈俐勤的心血。她是村干部，也是“辣妈宝贝”的队员和后勤。

她一手打造的这张洪溪名片带动了村里乒乓球队、舞龙队等十多支文体队伍的成立。每天晚上，村民们或切磋球技，或排练舞蹈。

洪溪村曾是有名的上访村，可自从村里风风火火搞起了文艺活动，从 2006 年开始，几乎没出现过大的上访案例。

矛盾不可能完全杜绝，但现在出现了矛盾，大家可以心平气和坐下来商量、解决，不会再像以前，没说上几句话就开始吵吵嚷嚷，甚至砸东西。

陈俐勤说，不少文艺骨干以前都是上访带头人，现在成了村里的“和事佬”，有的入了党，有的当上了文艺小社长，有的成了妇女联络员，为和谐的新农村建设出了不少力。

在嘉兴桐乡，村规民约（社区公约）、百姓议事会、乡贤参事会、百事服务团、法律服务团、道德评判团这“一约两会三团”，以及“三社联动”的工作机制，初步形成了“大事一起干、好坏大家判、事事有人管”的基层治理新格局。

嘉兴是浙江的缩影。2019 年，浙江生产总值超过 6.2 万亿元，城镇和农村居民人均可支配收入分别达到 60182 元和 29876 元，已经连续 19 年和 35 年居全国各省区第一，城乡收入比缩小至 2.01：1。

截至 2019 年年底，浙江基本公共服务均等化实现度超过 90%，所有县（市、区）全部建成国家义务教育发展基本均衡县。

出“染缸”而不染

原来，冲院子都不能用河水，味道太重了；现在，穿着白球鞋走一天也没事。在绿色发展中，柯桥这座“纺织之乡”也凤凰涅槃，实现了华丽转身。

刚创业那些年，虞少波去工厂车间，要多带一双鞋子：进出换着穿，不然出了车间鞋子脏得没法穿。

印染，除了消耗大量能源以外，还要投入大量水和化工原料，从而产生大量的污水排放。

印染过程通常涉及退浆、精炼、漂白、丝光、染色、整理、干燥、成品 8 个步骤，每一个步骤都需要投入大量原辅料、化学试剂，也都会产生大量废水及污染物。

21 世纪初，粗放式的发展导致土地、环境等资源要素十分紧缺，地处江南水乡的绍兴市柯桥区变成了大染缸，大量水体处于劣 V 类，成为国内最早遭遇“成长烦恼”的地区。

印染企业多，就连周围的河水也是臭的，冲院子都不能用河水，味道太重了。

2003 年，环境负担沉重的柯桥，扎实推进“千万工程”，创建了绍兴市首个省级美丽乡村示范县。

通过深化规划编制，柯桥以“5带串联、16个片区覆盖、32个重点村”引领，带动200多个村居全域提升，精心打造会稽诗路、山阴兰桂、钱杨印象、鉴湖渔歌、水乡记忆五条党建示范带。

现在，就算穿着白球鞋来工厂，走一天也没有问题！

对自家印染车间的环保水平，虞少波显得尤其自信：满眼的绿色，屋顶下藤蔓缠绕，假山间流水潺潺，再往里走，一盏盏闪烁的景观灯点缀着碧绿的树枝。

柯桥纺织业，从自发形成的“河边布街”，到初具规模的“轻纺市场”，再到如今建设现代化的“国际纺织之都”，纺织业已成为柯桥经济发展的支柱产业。

柯桥大纺织产能占了浙江省的二分之一，全国的三分之一，坐拥全球最大的轻纺面料交易市场——中国轻纺城，全球近四分之一的纺织产品在柯桥交易。

在“千万工程”推进过程中，柯桥这座“纺织之乡”经受了考验。许多人曾疑惑，柯桥纺织印染行业，还要不要？

“纺织印染是柯桥的主导产业、民生产业，只要转型升级成功，依然是优势产业。”绍兴市柯桥区委书记沈志江说，柯桥必须做好、做精这篇文章。

浙江省级特色小镇——蓝印时尚小镇，聚集了柯桥最优秀的印染企业，看不到滚滚浓烟，见不到汩汩污水，一座水清天蓝树绿的小镇颠覆了人们对传统纺织印染行业的认知。

蓝印时尚小镇是柯桥传统印染行业转型升级的主要抓手，现在已经成为浙江省第二批重点培育特色小镇。

沈志江说，为了让全区印染企业“凤凰涅槃”，2018 年上半年，柯桥咬牙关闭了 46 家规模以上企业。

“一些企业家跑到我办公室，忍不住流下眼泪，党委、政府也很心疼，这些企业年平均税收都在 5000 万元以上，我们一下子就损失 200 亿元产值、30 多亿元税收。”

但为了更好的明天，柯桥还是痛下决心，凤凰涅槃，浴火重生，最后这么多企业关闭，都实现了平稳调整。

印染升级，纺织跟着联动。2019 年初，“欧洲时尚定制城暨欧洲蓝网络直播基地”在柯桥成立。利用意大利等国的品牌优势，柯桥建起这个欧洲时尚大众品牌在华最大的 B2C 基地。

沈志江介绍说，柯桥纺织产业占经济比重从过去的 65% 变成目前的 57%，但是总量和利润继续实现增长。

田间地头“种”科技

把论文写在大地上。一批科技特派员奔赴浙江欠发达地区，带动乡村产业从无到有、遍地开花。

“这些可都是‘宝贝’呀！”

80 岁的中国农业科学院茶叶研究所研究员白堃元，蹲在丽水市缙云县胡源乡的一座茶园里，一边查看一株黄茶苗，一边乐呵呵地说。

作为浙江省最高龄的科技特派员，白堃元 2016 年已经完成任期，但他始终牵挂着茶园和茶农，一有空就要到田间地头走走看看。

“缙云黄茶”是白堃元和山间茶农日夜呵护、栽培起来的茶叶精品，如今光是缙云黄茶的品牌价值就超过 1.7 亿元。

很少有人知道，十几年前，这鼎鼎有名的黄茶还只是一株当地茶农偶然所得的小苗。

2005 年，白堃元退休后，执意要到浙南革命老区缙云县胡源乡担任科技特派员发挥余热。那时，当地茶农发现了一株特殊的茶苗，不过并不了解这株茶苗的价值。

对茶研究了数十年的白堃元则如获至宝。他借助中国农业科学院茶叶研究所的科研力量进行科学论证，并启动新品种的培育工作。2011 年春，叶底绿黄、汤色鹅黄、香气突出的缙云黄茶得到了国内专家的认可。

从育苗试验、种植、采摘、制茶，到开拓市场，再到辅助实施茶叶产业规划，在白堃元和继任科技特派员的持续支援下，缙云黄茶如今的种植面积已有1.2万多亩。

黄茶是高档茶，1斤高档缙云黄茶批发价就超过2000元，胡源乡很多农民就是靠着黄茶发家致富了！

泰顺、庆元、景宁、龙游等浙西南山区县，茶叶、中药材、蔬菜、养殖等特色产业遍地开花，背后几乎都有科技特派员的影子。

2015年，浙江省26个欠发达县全部“摘帽”，全面消除家庭人均年收入低于4600元的贫困现象。

科技连着生产，更要连着老百姓。科技特派员田间治学，在泥土里写下最有价值的论文。

乡亲们希望能种植产量高、品质好、卖相好、抗病性强的农产品来实现致富。这个要求看似简单，对科技工作者来说却是一个不小的课题。

浑身黝黑，挽起袖口和裤腿来，活脱脱就是一个“泥腿子”。在担任丽水市青田县章村乡科技特派员的十多年中，浙江省农业科学院研究员包崇来针对当地“九山半水半分田”的地域特点，推广蔬菜新品种和种植新技术。

在他的带动下，光是茄子这一种蔬菜，就更新换代了好几批。眼下，茄子种植已经成为章村乡的农业支柱产业之一，年产值达 500 万元。

这个大城市来的大专家，在山沟沟里驻扎了十多年，很不容易。从最初的“小包”到现在乡亲们口中的“老包”，他和大家干在一起，吃住在一起，手机 24 小时为乡亲们接通，亲如自家兄弟姐妹。

和包崇来一样，一大批科技工作者带着知识分子报效国家的使命感，和对农民的真切感情，在偏远山村心无旁骛地追求人生价值。

2003 年，浙江省委提出在浙江探索实施科技特派员制度。多年来，科技特派员的规模逐步扩大，约 2 万人次的科技特派员接力，为欠发达地区脱贫致富发挥着关键作用。

“钱支援，物支援，不如来位科技特派员。”这句顺口溜在浙江的农民群众间口口相传。

浙江的科技特派员、农村工作指导员等制度，培育了“三农”工作主力队伍。他们经年累月扎根农村地区，锲而不舍带领农民奋斗，为精准扶贫、乡村振兴带来了宝贵的实践经验。

第六章

迈向“乡村振兴”

“千万工程”造就万千美丽乡村，转动产业兴旺、生态宜居、乡风文明、治理有效、生活富裕的乡村振兴齿轮。生态美、产业兴、百姓富，江南韵味展现勃勃生机。绿色，正成为浙江发展最动人的色彩。

绿色发展先行地

行遍江南清丽地，人生只合住湖州。作为“绿水青山就是金山银山”理念的诞生地，湖州美丽城市、美丽城镇、美丽乡村“三美同步”，更成为绿色发展先行地。

初冬清晨，当阳光遍洒黛瓦粉墙和青石板路，一艘摇橹船伴着水波声穿过桥拱，从河面上升腾的薄雾中悠然划过，小巷中开始弥漫起早餐店的蒸汽，游客陆续到来，小镇的一天也由此被唤醒。

拥有 760 多年历史的湖州市南浔古镇，历史风貌保护完整，传统文化历久弥新。

两人方能合抱的立柱撑起十余米高的屋顶，厅堂正中高悬“端义堂”牌匾，身处其间，依稀可以感受到当年丝商云集的气派庄重。

南浔古镇丝业会馆内的陈设一如百年前，让人不由地屏气凝神，放缓脚步。

游客朱浩杰说，南浔古镇最令人震撼和感动的，不是丝商巨贾的财富，而是“得诸社会，还诸社会”这样的社会责任和气度担当。

地处长三角城市群中心腹地，在工业浪潮、商业开发的诱惑下，如何看待乡村、保护古镇，考验政府的定力与远见，也折射地方发展的根本理念。

近年来，湖州模范践行“绿水青山就是金山银山”理念，美丽城市、美丽城镇、美丽乡村“三美同步”，走出一条“生态美、产业绿、百姓富”的可持续发展之路，成为绿色发展先行地。

目前，湖州 5 个区县都是国家生态区县，人均公园绿地面积 17.5 平方米，美丽乡村建成率达到 94.6%。

湖州有个“上海村”——长兴县水口乡顾渚村，每年来村度假休闲的游客超过 200 万，以上海人为主。这个村三面环山，东临太湖，聚集 460 多户农家乐。

住进客房，推窗望去，满目青翠。走上阳台，抬头天朗气清、云雾缭绕，低头山间小溪、流水潺潺。在村里转转，茶庄、土特产店与乡村风貌融为一体。

好生态给老百姓带来好日子。村民王庆英的农家乐，经营了十多年，目前多数游客是人带人的小团队，少则四五人，多则数十人。她说，赚钱是其次，更开心的是能结交一批谈得来的外地朋友。

富裕起来的湖州农民，有了更丰富的精神追求和使命担当。在“中国白茶第一村”——湖州市安吉县黄杜村，先富起来的农民党员饮水思源、为党分忧，他们培育1500万株安吉白茶“扶贫苗”，送往湖南省古丈县、四川省青川县和贵州省普安县、沿河土家族自治县等3省4县的34个建档立卡贫困村。

湖州是“丝绸之府”“鱼米之乡”，也是浙江省实业高地。绿色发展进程中，湖州“绿色工业”同样生机勃勃。当地提出“生态立市、工业强市”发展战略，以“绿色+智造”为主线，推进工业转型升级。

截至2019年年底，湖州在役工业机器人应用率达到149台/万人，拥有浙江省级工业互联网平台19家，全市工业设备联网率42.79%，累计拥有上云企业超过1.2万家，工业竞争力多项指标位居浙江省前列。

村里来了“农创客”

村里来了年轻人，他们的身份叫“农创客”。这是浙江省农业农村厅近年着力培育的一支“三农”生力军。

跳出农门15年后，2016年，沈杰辞去了一些行政职务，返回到故乡——长三角渔业重镇湖州市菱湖镇，做了一名“博士渔夫”。

沈杰是国家物联网基础标准工作组总体组组长、无锡物联网产业研究院院长、复旦大学兼职教授，也是目前国内物联网领域的前沿专家。

在浙江，像沈杰这样的“新农人”，有一个身份叫“农创客”。这是浙江省农业农村厅近年来大力引导、培育的一支“三农”生力军。

父辈、亲戚多是养鱼户，沈杰打小也在鱼塘边长大，深知养鱼艰辛。回到菱湖镇，他身负重任：用物联网消除行业“痛点”，重塑渔业生态。

“养鱼很辛苦，但利润不高，消费者想吃好鱼却又吃不到。”在沈杰看来，传统渔业已跟不上时代，湖州青草鲢鳙“四大家鱼”养殖都面临转型升级。

对准传统渔业痛点，沈杰创办了浙江庆渔堂农业科技有限公司，搭建起汇集养殖户、饲料厂商、销售档口、金融机构等相关方的物联网平台，从养殖、销售、融资等环节重构渔业生态。

同是太湖流域渔民的儿子，同样子承父业从事淡水养殖，浙江两个“渔二代”正集结在同一张“物联网”上。

物联网新技术，将另一个“渔二代”章利恩从繁重的劳作中解放出来。

章利恩在菱湖镇承包了11个鱼塘，44岁的他看上去比实际年龄老很多。同父辈一样，章利恩养鱼也凭经验，鱼塘含氧足不足，主要看天气判断。因为承担不起鱼塘缺氧“泛塘”、全军覆没的后果，他只能整夜巡塘、一宿无眠。

“父亲养了一辈子鱼，欠下一屁股债。”章利恩回忆说，以前父亲养鱼平均三年泛一个塘，前两年赚点钱第三年差不多就赔完了。2010年，泛塘让父亲急出了病，而且一病不起，去世的时候还欠着1万多元债。

水下探头、传感器、手机应用，通过这些装备，现在渔民们可随时用手机监控鱼塘含氧量数据，遥控开启增氧设备；即便一时忘记，软件后台也会有人24小时监控，打电话通知。

“有了这个，我虽然还住在鱼塘边，但夜里只要起来一次看看数据就行，等于请了一个工人不停地给我巡塘，还省下不少电费。”章利恩指着手机感叹，没想到几样小设备，就颠覆了传统渔民积累了数十年的“养鱼经”。

事实上，物联网带来的“颠覆”，已经渗透到传统渔业的全产业链。

章利恩说，以前通过“二道贩子”卖鱼，经常出问题，比如拿不到钱，现在和物联网平台合作，定价合理、上门收购。另外，物联网还能预测鱼市、指导选择鱼种，渔民不再“会养什么就养什么”“去年什么挣钱就养什么”。

“千万工程”路上，浙江农业、农村、农民的模样发生了翻天覆地的变化。

变化背后，关键在人。

这里的“人”，细品起来，有四层含义：留下的人口怎么发展，外地的游人怎么吸引，以及外流人才怎么回流，域外的人才资本怎么引流。

浙江围绕年轻人做文章。一些年轻“学霸”返乡变身“农创客”，一些慕名到乡村养老的外地人超过本村人。

截至 2019 年年底，浙江“农创客”群体超过 1700 人，其中近九成是“80 后”“90 后”，本科及以上学历占比 56%，超过六成“先工作、再创业”。

在促进农业三产融合、实现小农户与现代农业发展有机衔接、助推农业高质量发展和乡村振兴战略实施中，这一群体正发挥“生力军”作用。

“浙东延安”小康路

传统产业转型后，生态效益日益凸显。经过一番“腾笼换鸟”，“革命老区”梁弄镇的绿色产业迅速崛起。

敲开宁波市余姚市梁弄镇东山村村民汪小忠租住屋的门时，他的妻子鲁春凤正在给他熬粥。

这是一家因大病而陷入困境的家庭。2016 年年底，汪小忠动了个大手术，手术费花了 20 多万元，开出租车的他失去了劳动力，妻子是远嫁而来的湖南白族人，患有头疼病，他们还有一个 8 岁的女儿要抚养。

“如果没有政府帮助，我们不知道怎么活。”鲁春凤流着泪说。汪小忠在杭州动完手术回家，正月初一，村干部就上门来看望，帮助申请了 3 万元的大病救助，报销了 10 多万元的手术费，“现在报销能达到 80%，以前验一次血 400 多元，现在 50 元差不多”。

同时，汪小忠成了低保户，每个月可以拿到 330 元的生活补助，每年 1000 元的医保和养老保险也由政府代缴，他上小学二年级的女儿则免费上学，享有免费营养午餐。

像这样的家庭，梁弄镇实现了保障全覆盖。2003 年前后，梁弄镇年人均收入在 2300 元以下的人口，还有近三分之一。而现在，按照宁波市年收入人均6000元的贫困标准，梁弄镇早在前几年全部实现了脱贫。

金秋的四明湖畔，红杉林正迎来一年中最美的季节，让人误以为不经意间闯入了一幅绚丽的油画中。

近年来，地处四明山麓的革命老区梁弄镇，通过红色党建引领、绿色转型发展、特色产业带动，“多彩之门”让老区焕发无限活力。

梁弄镇党委书记何张辉在这里扎根十多年。老区山高路远，经济一度滞后，如何找到适合自身的发展路径？何张辉经过多年的深入调研，给出的答案是：围绕建设“全国革命老区全面奔小康样板镇”的总目标，深入实施“会议教育培训中心、特色产业发展基地、宜居宜游风情小镇”建设。

地处偏远老区，梁弄人想不到会和机器人结缘。2017年3月，为配合第四届中国机器人峰会，需建设一条机器人大道。时间只有两个多月，还需要征地。“我们革命老区搞什么机器人？”有村民不理解。

“老区发展要勇于走新路。与其等靠要，不如赶拼超！”何张辉和村干部一边挨家挨户走访，一边还要与雨水天气抢时间，见缝插针推进施工。正是靠着顽强的拼劲和周到的服务，机器人峰会永久落户梁弄。如今，机器人大道成了当地的地标性建筑，节假日有大批游客到这里散步、度假、观湖景。

为了发展绿色产业，梁弄坚持“腾笼换鸟”，先后整治畜禽养殖场所 200 余家，因环境要求，关停搬迁 8 家年销售 2000 万元以上的规模企业。

传统产业转型后，生态效益日益凸显。经过一番“腾笼换鸟”，梁弄镇的绿色产业迅速崛起。如今的梁弄，春季有樱桃、桑葚、蓝莓，夏季有杨梅、蟠桃、水蜜桃，秋冬有猕猴桃、冬枣，正在引进新的高端橘子品种。“货到田头贵”，小水果采摘游吸引了大批游客，最多时每天有两三万人。观光农业成为老区群众增收的重要途径。

梁弄优质的生态资源吸引了浙江百岁山食品饮料有限公司落户——3.3 亩土地，年产值 2.2 亿元，每年税收 5600 多万元——生态优势迅速转化为经济优势。

作为“浙江省农业标准化示范基地”的百果园，每到樱桃采摘季，日客流量达 3000 人。梁弄镇天绿水果专业合作社党支部书记汪国武，联系带动 500 多农户种植水果 2500 多亩，把党员示范岗建到了田间地头。

前往浙东（四明山）抗日根据地旧址群所在地的横坎头村，沿路广告牌上的“梁弄大糕”不断挑动人的味蕾，这种被《舌尖上的中国》关注过的地方美食，和红色旅游结合，不断充实当地老百姓的钱袋子。

横坎头村党委书记张志灿拿出早年的账本说，当年，我们村级负债 45 万，现如今，村级账上已经有几百万元存款了。

在“千万工程”进程中，东海之滨的宁波，久久为功推进农村人居环境建设，农村面貌实现了从洁美到生态美、从富美到人文美、从一处美到一片美、从环境美到生活美的改变。这也让工业重镇宁波，变成城乡统筹、绿色协调发展的范本。

“文化礼堂”立村头

万余个文化礼堂，从“盆景”扩充为“风景”，由“风景”演化为“风尚”，而且“一村一色”“一堂一品”。

在杭州市建德市之江村，马美娥绝对算是文艺骨干。她从小就爱跳舞，但很长一段时间以来，文艺几乎与之江村绝缘，没人愿表演，没地方表演，更没村民看。直到2018年9月，在第一个中国农民丰收节的庆祝活动上，马美娥和她的同伴们精彩亮相。

捧出新收的花生、玉米，披上蓑衣撒开渔网，再亮出像模像样的帽子戏法，建德市下涯村、之江村的村民们，把一台杂技与走秀相结合的节目《农作物语》搬上舞台。

舞台设在新近启用的镇头村文化礼堂，这是浙江省建设的第1万家文化礼堂，包括了礼堂、讲堂、活动室、图书室、镇头水库文化展馆等设施。

镇头村党总支书记余永荣说，在文化礼堂建设中注重发掘文化传统，镇头村从“三无”村变成了“三有”村：过去是无特色、无优势、无产业，现在是有故事、有文化IP、有产品。

“能在家门口看到这样的演出，太高兴了。”

70多岁的方小根是镇头村邻近的孙江村村民，听说镇头村有演出可以看，他骑着车专门赶了四五里路过来。

“千万工程”推进十多年以来，乡村全方位蝶变，人多了，富裕了，自信了，精神文明、文化需求自然而然生发。

农村文化礼堂是浙江省的创举，而杭州的临安是发祥地。

2012 年 4 月 18 日，“十八般武器陈列室”在临安板桥镇上田村动工建设，这是第一个综合型村级文化礼堂，就此拉开杭州市乃至全省文化礼堂建设的大幕。

2013 年，这里率先建成了文化礼堂，举办的第一次活动是“新人礼”——四对新人在全村村民见证下，诵村规、唱村歌，向父母敬茶，作孝敬承诺。新人们还把取自各家的泥土和溪水融合在一起，浇灌在礼堂前的连理树下。

经过多年发展，杭州市农村文化礼堂遍地开花，从“盆景”扩充为“风景”，由“风景”演化为“风尚”，而且“一村一色”“一堂一品”，正为杭州市建设成为独特韵味别样精彩世界名城，率先高水平全面建成小康社会，实现共同富裕发挥着积极作用。

为顺应农民群众日益增长的精神文化需求和农村文化发展实际，2013 年，浙江省委、省政府提出打造农村文化礼堂。此后，浙江省政府连续多年将该工程纳入民生实事项目，已累计建成 1.3 万多家文化礼堂。

在这里，农民是绝对的主角。按照《浙江省农村文化礼堂建设实施纲要（2018—2022 年）》，到 2022 年，浙江省人口 500 人以上的村有望实现文化礼堂全覆盖。另外，浙江还将努力实现“建管用育”一体化，做到“大门常开、内容常新、活动常态”，使得建成的文化礼堂真正成为美丽乡村和美好生活相契合的精神家园。

“珍珠之乡”新风尚

“新办简办”，酒桌上光是茅台、五粮液就撤下500多瓶。省下的钱，捐到村里设立的慈善关爱基金。

有的村喜酒连办3天，主餐50桌，每桌标准过千元，再加上高档烟酒，每桌消费可达万元。

有的村白事要挑黄道吉日，最长连办 19 天，且有“来客越多、明年越旺”的说法，“一场白事花掉一年积蓄”。

人情随礼千元起步，“三张喜帖发过来，一月工资不够付”。

绍兴市诸暨市是全国有名的“珍珠之乡”，老百姓富裕。早些年，关于当地土豪家里办嫁娶喜事时，穿金戴银、豪车成群、天价彩礼的消息总能上新闻。

乡村美，不仅美在村容村貌，更要美在乡风文明、人文内涵。浙

绍兴市诸暨市东白湖镇油菜花开“大地洒金”　翁忻旸 摄

江乡村不断提振农民群众的精气神，为美丽乡村注入了美丽灵魂。

随着“千万工程”和美丽乡村的持续推进，由表及里地推进乡风文明成为题中要义。

这几年，一场针对人情往来讲排场、搞攀比之风的基层文明行动在诸暨兴起，提倡办酒不铺张、礼金不攀比、丧葬不迷信，婚事新办、丧事简办、其他减办。

2019 年初，在远近闻名的“珍珠第一村”——诸暨市山下湖镇新长乐村，一户富裕人家举办的婚宴略显“寒酸”，土烧酒替代茅台、五粮液，一桌饭菜标准从“几千元”降到“几百元”，却在当地被人津津乐道。

最近半年多，村里一共 16 场红白喜事都移风易俗、“新办简办”，酒桌上光是茅台、五粮液就撤下 500 多瓶。省下的钱，捐到村里设立的慈善关爱基金。

办事不铺张，把省下来的钱花在更有意义的地方。诸暨移风易俗与人文关怀的“一减一加”，在基层乡村兴起了一股节俭向善的文明新风。

如今在诸暨当地，曾经盛行的儿童生日宴也开始转变为“敬老关爱行动”，简单仪式改在村里的文化礼堂办，内容变成捐款给老人定制棉袄棉鞋、给山区儿童捐赠玩具等。

绍兴市委常委、诸暨市委书记徐良平说，由于流动人口多，外来人口超过36万，诸暨正地以“微组织、微窗口、微热线、微平台、微活动”建设为工作抓手，深化网格化管理，助推乡风文明建设。

作为“枫桥经验”发源地，浙江坚持传承“小事不出村、大事不出镇、矛盾不上交”，在源头化解矛盾。至2019年年底，县级“信访超市”已在浙江实现全覆盖。在实践中，浙江省要求抓好“一扇门进出，事情全办清”“一揽子调处，全链条解决”“一体化联动，全方位延伸”“一把手主抓，全要素保障”等“四个一”。

“尘肺村”有新营生

从打石板卖命到“养猪养羊不如养城里人”，靠的还是那些山水，村民们却收获了“金山银山”。

在天台县街头镇西南部，毗邻唐代诗僧寒山子隐居地寒明岩景区，有一个名叫后岸村的小山村，原本以采石矿闻名四方，叮叮当当的打石板声响了20多年，赚了钱不假，很多村民却为此搭上了命。

为了改变“被石矿扼住咽喉”的命运，这个村关掉“卖石头”的营生，开始“卖风景”。如今，这个隐匿在青山绿水间的村庄变得清幽秀丽，整洁的道路两旁，是一个个星级农家乐。

20世纪80年代，后岸村依托几百亩的石矿资源，家家户户做石板生意、当采矿工，一个采矿工一天能赚到两三百元。村里1200来人，基本都在村里开矿。采矿也曾经让这个小村一时富足，1990年，村集体经济就有24万元，个别劳动力多的家庭，年收入能达到三四万元。

然而，这样的富裕是以牺牲健康，甚至生命为代价的——仅从1986年到2009年石矿关停前的20多年间，就有10名村民因安全生产事故死亡，有6人重度残疾，3人需要依靠氧气瓶来维持生命。

如噩梦一样困扰村民的还有“尘肺病”。近年来，曾参与石矿开采的200多名村民普遍出现职业病，150个感染“尘肺病”的已有

130个去世了，最年轻的连50岁都不到。当时流行着一个令人扼腕的说法，“听到家家户户扑哧扑哧的呼吸机声，就知道后岸村到了”。

“那时候，矿工3天的工钱顶得上乡镇干部1个月的工资。”村支书陈文云回忆道。他是土生土长的后岸村人，见证了这个村子因为石矿而富有的日子，也看到了石矿开采给村民带来的灾难。

“以命换钱，不值得！”陈文云上任后的第一件事就是关石矿。

2008年初，村里召开了村民大会讨论这个问题。当时很多村民都已经意识到不能再这样下去了，封矿的决定顺利通过。

问题是暂时解决了，可村里那些长期靠采矿过日子的村民，一下子没了收入，该怎么办？

往日日产斗金的群山，如今却像困住村民的牢笼。村里想让一些生意伙伴过来投资，无奈村里跟县城相距36公里，企业来了不划算。

那就把村民送到外面打工！2008年至2009年，村两委的“一号工程”就是送村民去打工，每年400人出去，集中在江苏南京、句容等地的家具厂。但村民们以前只会开矿，没有技术，到厂里也只能做做苦力，打打下手。

见村里风景不错，村干部想发展农家乐。把想法跟分管旅游的副镇长说了，镇领导连连摆手：“你这个山沟沟里的村子，10天看不到一个小车，谁会来？”

陈文云不死心，回来找村民代表商议，想先造一个村办农家乐。方案设计出来，需要370万元。村民代表多数不同意：一个村负债这么多，那岂不永无翻身之日了？

“想干就干！”陈文云思忖良久，提出一个大胆的方案：他个人为村里垫资370万元，且不计利息，村里什么时候有钱什么时候还，30年乃至50年都没关系。赚了算村里的，赔了算他个人的。

方案提出后，全部通过。村民代表们想，反正村集体一分钱不用出，你愿意弄就弄吧。

当初这个“玩命”的决定,后来成为一段佳话,“所有人都信任我，说我这个人不贪不占，还给村里垫钱”。

2010年,村办农家乐建起来,当年春节经营了20来天,算了算账，净赚了7万元。村民代表主动说，赚钱了应该还给老陈。到2013年，建农家乐的钱就已经还上了300万元。

2010年春节快结束了，在村民出门打工前，村里想学城里人，开个茶话会，请乡亲们讲讲在外的经历，哪里工作好干再多带一些人出去。没想到这个会成了诉苦会，村民们一把鼻涕一把泪：夫妻俩一年到头不着家，也就能带个两三万元钱回来；小孩在家里当留守儿童，自己在外没少受白眼。

茶话会开得很沉重。最后村两委集体决定：当年不送人出去了，留在村里赚钱！

然而，赚钱的路在哪里？那两年，村干部带着瓦工、木工师傅、村民代表、党员100多人，多次到外面去考察学习。

第一次带130位村民出去，闹出不少笑话。在宁波有名的滕头村，看到村里的企业解决了所有劳动力，后岸村的人羡慕不已。在那住了一晚，第二天，几位村民问村干部：你们晚上有没有被子？我们房间没有被子，冻感冒了，宾馆得赔钱。

这让人匪夷所思。进他们房间一看，大家哑然失笑：被子在席梦思上被塞得紧紧的。掀起被子，几个人顿时觉得不好意思了。

退房的时候更好笑，不少人觉得既然120元的房费村里出了，房间里的枕头套、毛巾、手电筒都可以打包带走。光归还这些物品就花了一个多小时。

没见过世面，怎么能经营好农家乐？

2011年，天台县一位政协领导出主意，说让后岸村村民去磐安县乌石村，学学人家的农民怎么经营农家乐。

去乌石村的这段经历对村民们触动最大：在乌石村，农家乐由村里统一经营，来的游客每人55元一天包吃包住，农民一年能赚十五六万元。

村民们觉得，后岸村有山有水，比乌石村条件还好，只求一年赚5万元就行。当时，村两委不敢拍板，把报名经营农家乐的五六十户村民又带出去考察。那个晚上，村民们打散了入住到各家各户，把乌石村摸得很透，还请村支书讲了发展经过。

农民的模仿能力最强。回来以后，村民们照猫画虎。2011 年 7 月，第一批农家乐开工装修，9 月，这 13 户、188 个床位开业。大家信心满满。

房子好了，客源却没找到。村干部和几个村民一合计，自认找了个聪明的办法：派了五六个村民去当“特务”，趁夜色重返乌石村“挖客源”。然而，人没挖来，“特务”被发现了，几个人灰溜溜地被赶了出来。

客人虽没挖到，但到手的 600 多张名片成了后岸村发展农家乐旅游的“大数据”。一分析，客人基本以上海人为主，老年人居多。后岸村便派了 7 名党员到上海找客源。不久后，首批旅游大巴车开进了后岸村。行程为 3 天游，其中两个整天住在后岸村。一个月下来，这 13 户每户的净利润达到 1.2 万元。

此时，农民的模仿心理又发挥了巨大作用。第一批报名时，村里补助 3000 元 / 间；第二批报名，补助 2000 元 / 间；第三批，没有补助；第四批，要交给村集体 1 万元；第五批，不但要交村集体管理费，还要请党员给他们评分，邻里不好的、品行不端的不允许办。即便如此，大家都抢着开农家乐，档次和水平也逐步上来了。

从无到有，后岸村农家乐一天天火起来。2012 年，村集体收入从 0 到 65 万元；2018 年，村集体收入 450 多万元，农家乐经营收入

2500多万元。

农家乐也带火了一批“供应商”。村里50多岁做豆腐的妇女陈秀莲，一人一年能赚30万元。她说：“现在很奇怪，人总是跟猪‘抢’东西，像以前豆腐渣、豆腐锅巴都喂猪，现在不跟我提前三天预订，买都买不到。”

“养猪养羊不如养城里人”，这是打趣的话，却是村民们靠山水收获的实实在在的“金山银山”。做馒头的陈逢山，所做馒头质优价廉，每个馒头赚2毛6，他每天能卖2000多个馒头。一天赚500元，一年就是18万元。不少大学生毕业回到了家乡，帮助父母亲经营农家乐，或网上卖房间。

如今在后岸村周边，一些农家乐也逐渐兴起，集聚效应初步显现。后岸村已先后荣获国家AAAA级旅游景区、中国美丽宜居村庄、长三角地区最受欢迎旅游休闲目的地等荣誉。

“生态文章”兴开化

如何把“生态文章”做到极致？开化将整个县域作为一个景区，开展国家公园体制试点。

以一口石砌的方塘为基台，一幢老宅就修建在水塘上。铺上木楼板，人起居于上，鱼嬉戏在下。

这样的古宅看似没有多少特色，但推门而入却别有洞天。小小的天井之下，是五米见方的水塘。几把青葱的黑麦草，10 多尾草鱼居于这座古宅的中心，如同把自然集纳进一个小小的居室。

初春时节，走进衢州市开化县的山村古居，会看到这里的老百姓将“水至清则无鱼”的古谚反其道而行。

开化县位于浙江省西部，浙江的母亲河钱塘江发源于此。行走在养鱼农家集中的何田乡田畈村，穿行而过的燕溪清澈见底。当地老百姓养殖清水鱼已经有 600 多年的历史。

据《开化县志》记载，古法活水养鱼，引进溪涧山泉，投放草鱼于鱼池中进行养殖。用流水坑塘养出的清水鱼背部溜黑、鳃色红艳，其肉细腻鲜嫩而有弹性，且无塘泥腥味，成为鱼中上品。

这种古法养鱼离不开开化优质的水源。有一阵子，村里不时有人上山偷偷盗伐树木。当时，村民称自己的生活是“吃饭靠养猪、穿衣靠砍树”。

从1998年起，开化县重新调整自身发展定位，提出了“生态立县”的发展战略。如今的一尾清水鱼背后是开化20载自上而下的环保行动和生态自觉。

“方塘一鉴开，源头活水来。”现在，何田乡村民家门口，或拿石头垒起或用篱笆分隔，每家每户都有一两口生机勃勃的鱼塘。十几尾草鱼，一两尾红鲤，几乎所有鱼塘都是这样的规模，加上正在盛开的桃花，自成一道风景。

“虽然鱼在我们村是老百姓的生计来源，但大家都不会为了自家利益过度养殖，因为弄糟了水质，就是砸了大家的饭碗。鱼染病了，村民们也都是用点姜片混合野草药治疗，绝对不用化学药剂。”张月桥说。

目前，何田乡有2100多口鱼塘，这里出产的清水鱼价格是普通养殖草鱼的3倍。“如果直接在我们家做清水鱼宴，价格还要贵上一倍。”村民汪大伯回忆过去，何田乡还有在门板上贴鱼尾的习俗，谁家鱼尾越多象征越富有。“现在好环境就是大家共同的财富。”

“现在‘这么好的生态’还给我们带来了额外收入，谁还舍得再污染一滴水，再砍一棵树？”这是村民现在常挂在嘴边的一句话。

开化是钱塘江的源头，境内90%的面积是山。早些年，浙江有一句人尽皆知的双关语“开化不开化”，说的是开化实在太偏僻、太落后。

但开化的优势也无与伦比。由于地处钱塘江源头，开化的人均水资源占有量是全国的近 4 倍，水质多为国家Ⅰ、Ⅱ类；森林覆盖率达 80.4%，全年空气质量均达国家二级以上标准，是华东地区重要的生态屏障。

21 世纪初，开化县通过《钱塘江源头生态建设和环境保护规划》，从此走上“生态立县”的发展道路；这也意味着，开化发展从此戴上“紧箍咒”，甚至靠山不能吃山，临水不能捕鱼。

“生态立县”落到实处，却是千难万难：究竟如何将生态资源变为资本，把绿水青山化为金山银山？这个问题不解决，生态立县就只能是一句口号。

把“生态文章”做到极致。开化将整个县域作为一个景区，培育文旅、创意、水、能源、休闲地产“五大百亿产业”。其中，农业休闲观光担当着举足轻重的角色：构建“1551”公园体系，即包含 1 个核心区、5 条直至周边著名景区的 1 小时旅游专廊、5 条乡村休闲旅游线路和 10 大主题公园组成的公园集群。

开化县先后投入数亿元，实现污水治理终端、管网、生态厕所行政村全覆盖。

地处浙江西部山区的衢州，碧水潺潺，绿荫环绕。当地建立以县（市、区）、乡镇、村、农户四个层面为主体的美丽乡村“四级联创”

机制，坚实推进“千万工程”，也更早体会到这项工程带来的发展前景。

沿着“千万工程”的思路脉络，开化又多了一张改革名片：2017 年，开化获批全国首个县级“多规合一”空间规划。

“多规合一”以主体功能区规划为基础，统筹整合城乡规划、土地利用规划、生态环境保护规划等各类空间性规划融合到一个区域上，实现一个市县一本规划、一张蓝图，解决现有各类规划自成体系、内容冲突、缺乏衔接等问题。

东海之畔“桃花岛”

阳光、碧浪、金沙，东海之畔的舟山群岛，宛如金庸笔下的桃花岛，面朝大海，春暖花开。

金庸先生笔下，《射雕英雄传》中“东邪”黄药师所住的桃花岛，其原型在东海之畔的舟山群岛。

它是位于舟山市普陀区下辖的岛屿，面积41.7平方公里，岛上有兔耳岭、花果山、桃园美景。

青山苍翠、白浪逐沙，渔家村落、农家果园如诗似画……每到节假日，桃花岛迎来一波又一波游客。

同样在舟山，位于嵊泗列岛最北面的花鸟岛，形如展翅欲飞的海鸥，花草丛生，林壑秀美。

在山林岛屿之间穿梭，像进入武侠仙境！

除了传统的海岛游，乡村游也开始异军突起，成为美丽舟山新的名片。

从小沙三毛祖居，到岑港万花谷庄园，再到采摘基地、家庭农场……

从干施岙旅游景区，到田园牧歌生态农业专业合作社，再到普陀人家生态园、里羊岩生态休闲山庄、庐岸民宿……

舟山市嵊泗县渔港　刘昌明 摄

从东沙古渔镇、海边人家渔家乐，到燕窝山景区、海岬公园，再到上船跳徐福文化村、鹿栏晴沙景区……

舟山美丽乡村“旅游热”，背后有碧浪、金沙、花鸟的先天优势，更有后天的人为努力。

花鸟岛一条狭窄的巷子里，身着迷彩服的乡镇干部进出不断，他们将隐藏在房前屋后的废木头、垃圾都整理出来，有的用手捧，有的用小车拉，有的用麻袋扛，使出浑身解数将其装运至停在巷子口的卡车上，进行统一清理。

这些年，花鸟岛的环境综合整治走出了特有模式。在海岛产业和环境大同小异的情况下，花鸟岛先行先试开启了旅游带动整治、整治反馈旅游的新模式，在“打造高端定制化离岛微度假目的地”的旗帜下，坚持“群众路线”，推崇“变废为宝”，将环境综合整治变为花鸟岛旅游品质再提升的新机遇。

花鸟岛是舟山的缩影。在“千万工程”持续推进进程中，舟山积极优化群岛城市新格局，城市区域突出“一体一圈五岛群”的总体定位，不断提升本岛，拓展外岛。

目前，作为诗画浙江、全省大花园建设的“山海”篇章，舟山提出聚焦渔农村高质量发展，聚力海上花园城建设，坚持把产业振兴摆在突出位置，切实把乡村振兴各项任务落到实处，走出一条“景美、业兴、民富、人和”的新时代海岛乡村振兴新路子。

第七章

学习推广浙江“千万工程”经验

近日，中共中央办公厅、国务院办公厅转发了《中央农办、农业农村部、国家发展改革委关于深入学习浙江“千村示范、万村整治”工程经验扎实推进农村人居环境整治工作的报告》，并发出通知，要求各地区各部门结合实际认真贯彻落实。

通知指出，党中央、国务院高度重视农村人居环境整治工作。近期，习近平总书记作出重要批示：“浙江‘千村示范、万村整治’工程起步早、方向准、成效好，不仅对全国有示范作用，在国际上也得到认可。要深入总结经验，指导督促各地朝着既定目标，持续发力，久久为功，不断谱写美丽中国建设的新篇章。”

通知强调，各地区各部门要认真学习贯彻习近平总书记重要批示精神，贯彻落实党的十九大精神和党中央、国务院关于实施乡村振兴战略的部署要求，学好学透、用好用活浙江经验，扎实推动农村人居环境整治工作早部署、早行动、早见效。在工作中，要学习借鉴浙江省始终坚持以人民为中心的发展思想，始终坚持绿色发展和“绿水青山就是金山银山”的理念，并真正转化为引领推动农村人居环境综合治理的具体实践；要坚持高位推动，党政“一把手”亲自抓，“五级书记”一起抓；坚持因地制宜、分类指导，与当地发展阶段相适应；坚持聚焦民生福祉，由易到难，从村庄清洁行动做起，以重点突破带动面上工作；坚持系统治理、久久为功，建立健全长效治理机制；坚持真金白银投入，强化要素保障，建立多元化投入机制；坚持强化政府主导作用，调动农民主体和市场主体力量，形成全社会共同参与推动的大格局。在地方党政机构改革过程中，要做好农村人居环境整治工作衔接，确保不断档、不耽误。2019 年年底国务院开展一次大检查，对措施不力、搞虚假形式主义、劳民伤财无效实施的地方和单位予以批评问责。

《中央农办、农业农村部、国家发展改革委关于深入学习浙江“千村示范、万村整治”工程经验扎实推进农村人居环境整治工作的报告》主要内容如下。

改善农村人居环境，是以习近平同志为核心的党中央从战略和全局高度作出的重大决策。早在 2003 年，时任浙江省委书记的习近平同志亲自调研、亲自部署、亲自推动，启动实施“千村示范、万村整治”

工程（以下简称“千万工程”）。15年来，浙江省委和省政府始终践行习近平总书记“绿水青山就是金山银山”的重要理念，一以贯之地推动实施“千万工程”，村容村貌发生巨大变化。目前，全省农村生活垃圾集中处理建制村全覆盖，卫生厕所覆盖率98.6%，规划保留村生活污水治理覆盖率100%，畜禽粪污综合利用、无害化处理率97%，村庄净化、绿化、亮化、美化，造就了万千生态宜居美丽乡村，为全国农村人居环境整治树立了标杆。“千万工程”被当地农民群众誉为“继实行家庭联产承包责任制后，党和政府为农民办的最受欢迎、最为受益的一件实事”。2018年9月，浙江“千万工程”获联合国“地球卫士奖”。习近平总书记多次作出重要批示，要求结合农村人居环境整治三年行动计划和乡村振兴战略实施，进一步推广浙江好的经验做法，建设好生态宜居的美丽乡村。为深入贯彻落实习近平总书记重要指示批示精神，中央农办、农业农村部、国家发展改革委在深入调研基础上，会同浙江省有关方面，研究提出了深入学习浙江“千万工程”经验、扎实推进农村人居环境整治工作的意见建议。

一　深入学习推广浙江经验意义重大

浙江“千万工程”起步早、方向准、举措实、成效好，对全国各地实施乡村振兴战略、推进农村人居环境整治具有重要示范带动作用。

（一）深入学习浙江经验是贯彻落实习近平生态文明思想的重要

举措。浙江经验是习近平生态文明思想的生动实践，充分展示了新时代我国生态文明建设的成就。贯彻落实习近平生态文明思想，深入学习浙江经验，多举措改变农村脏乱差现象，多渠道打通“绿水青山”向“金山银山”的转化路径，多形式构建人与自然和谐共生的乡村发展新格局，才能实现农村生态美与百姓富的统一。

（二）深入学习浙江经验是践行以人民为中心的发展思想的内在要求。浙江省在推进“千万工程”中，始终把实现好、维护好、发展好农民群众的福祉作为根本出发点，不断提高农民群众生活质量和健康水平。深入学习浙江经验，始终坚持以人民为中心的发展思想，努力改善农村基础设施条件，才能持续增强农民群众的获得感幸福感。

（三）深入学习浙江经验是实施乡村振兴战略的有效抓手。浙江省通过“千万工程”，创新升级、与时俱进建设美丽乡村，走出了一条改善农村人居环境与城乡融合发展协同推进的新路子。深入学习浙江经验，下大力气改善农村人居环境，补齐农村建设这块突出短板，切实解决农村发展不平衡不充分问题，才能为乡村振兴打下坚实基础。

（四）深入学习浙江经验是实现农村人居环境整治三年行动目标任务的重要保障。浙江省坚持循序渐进，有重点有步骤地推进“千万工程”，治理农村垃圾、污水，实施农村“厕所革命”，全面改造村容村貌，促进农村人居环境大改善、大提升。深入学习浙江经验，借鉴浙江美丽乡村建设的路径和方法，先点后面、先易后难，从规划示范到全面推开，才能确保全面完成农村人居环境整治三年行动目标任务。

二　浙江经验的主要内容

15 年来，浙江省以实施“千万工程”、建设美丽乡村为载体，聚焦目标，突出重点，持续用力，先后经历了示范引领、整体推进、深化提升、转型升级 4 个阶段，不断推动美丽乡村建设取得新进步。总结浙江省 15 年推动“千万工程”的坚守与实践，主要有以下 7 方面经验。

（一）始终坚持以绿色发展理念引领农村人居环境综合治理。15 年来，浙江省通过深入学习和广泛宣传教育，让习近平总书记“绿水青山就是金山银山”理念深入人心，成为推进“千万工程”的自觉行动。把可持续发展、绿色发展理念贯穿于改善农村人居环境的各阶段各环节全过程，扎实持续改善农村人居环境，发展绿色产业，为增加农民收入、提升农民群众生活品质奠定基础，为农民建设幸福家园和美丽乡村注入动力。

（二）始终坚持高位推动，党政“一把手”亲自抓。习近平总书记在浙江工作期间，每年都出席全省“千万工程”工作现场会，明确要求凡是“千万工程”中的重大问题，地方党政“一把手”都要亲自过问。浙江省历届党委和政府坚持农村人居环境整治“一把手”责任制，成立由各级主要负责同志挂帅的领导小组，每年召开一次全省高规格现场推进会，省委省政府主要领导同志到会部署。全省上下形成了党政“一把手”亲自抓、分管领导直接抓、一级抓一级、层层抓落实的工作推进机制。省委省政府把农村人居环境整治纳入为群众办实事内容，纳入党政干部绩效考核和末位约谈制度，强化监督考核和奖惩激励。注重发挥各级农办统筹协调作用，发展改革、财政、国土、环保、住建等部门配合，明确责任分工，集中力量办大事。

（三）始终坚持因地制宜，分类指导。浙江省注重规划先行，从实际出发，实用性与艺术性相统一，历史性与前瞻性相协调，一次性规划与量力而行建设相统筹，专业人员参与与充分听取农民意见相一致，城乡一体编制村庄布局规划，因村制宜编制村庄建设规划，注意把握好整治力度、建设程度、推进速度与财力承受度、农民接受度的关系，不搞千村一面，不吊高群众胃口，不提超越发展阶段的目标。坚持问题导向、目标导向和效果导向，针对不同发展阶段的主要矛盾问题，制定针对性解决方案和阶段性工作任务。不照搬城市建设模式，区分不同经济社会发展水平，分区域、分类型、分重点推进，实现改善农村人居环境与地方经济发展水平相适应、协调发展。

（四）始终坚持有序改善民生福祉，先易后难。浙江省坚持把良好的生态环境作为最公平的公共产品、最普惠的民生福祉，从解决群众反映最强烈的环境脏乱差做起，到改水改厕、村道硬化、污水治理等提升农村生产生活的便利性，到实施绿化亮化、村庄综合治理提升农村形象，到实施产业培育、完善公共服务设施、美丽乡村创建提升农村生活品质，先易后难，逐步延伸。从创建示范村、建设整治村，以点串线，连线成片，再以星火燎原之势全域推进农村人居环境改善，探索农村人居环境整治新路子，实现了从“千万工程”到美丽乡村、再到美丽乡村升级版的跃迁。

（五）始终坚持系统治理，久久为功。浙江省坚持一张蓝图绘到底，一件事情接着一件事情办，一年接着一年干，充分发挥规划在引领发展、指导建设、配置资源等方面的基础作用，充分体现地方特点、文化特色，融田园风光、人文景观和现代文明于一体。坚决克服短期行为，避免造成“前任政绩、后任包袱”。推进“千万工程”注重建管并重，将加强公共基础设施建设和建立长效管护机制同步抓实抓好。坚持硬件与软件建设同步进行，建设与管护同步考虑，通过村规民约、家规家训“挂厅堂、进礼堂、驻心堂”，实现乡村文明提升与环境整治互促互进。

（六）始终坚持真金白银投入，强化要素保障。浙江省建立政府投入引导、农村集体和农民投入相结合、社会力量积极支持的多元化投入机制，省级财政设立专项资金、市级财政配套补助、县级财政纳入年度预算，真金白银投入。据统计，15 年来浙江省各级财政累计投入村庄整治和美丽乡村建设的资金超过 1800 亿元。积极整合农村水利、农村危房改造、农村环境综合整治等各类资金，下放项目审批、立项权，调动基层政府积极性主动性。

（七）始终坚持强化政府引导作用，调动农民主体和市场主体力量。浙江省坚持调动政府、农民和市场三方面积极性，建立“政府主导、农民主体、部门配合、社会资助、企业参与、市场运作”的建设机制。政府发挥引导作用，做好规划编制、政策支持、试点示范等，解决单靠一家一户、一村一镇难以解决的问题。注重发动群众、依靠群众，从“清洁庭院”鼓励农户开展房前屋后庭院卫生清理、堆放整洁，到“美丽庭院”绿化因地制宜鼓励农户种植花草果木、提升庭院景观。完善农民参与引导机制，通过“门前三包”、垃圾分类积分制等，激发农民群众的积极性、主动性和创造性。注重发挥基层党组织、工青妇等群团组织贴近农村、贴近农民优势。通过政府购买服务等方式，吸引市场主体参与。同时，通过宣传、表彰等方式，调动引导社会各界和农村先富起来的群体关心支持农村人居环境，广泛动员社会各界力量，形成全社会共同参与推动的大格局。

三　深入学习浙江经验、扎实推进农村人居环境整治的意见建议

2018 年以来，各地区各部门认真贯彻落实习近平总书记有关重要指示批示精神，贯彻落实中央农村人居环境整治三年行动方案和

全国改善农村人居环境工作会议部署要求，将改善农村人居环境摆上重要议事日程，建立健全工作机制，扎实推进农村人居环境整治各项工作落实落地，农村人居环境整治工作呈现良好态势。但工作中仍然存在责任有待压实、工作进展不够平衡、形式主义不同程度存在、农民内生动力激发不够、资金投入缺口较大等问题。下一步，要以学习浙江“千万工程”经验为突破口和新动力，有力有序扎实推进农村人居环境整治，不断谱写美丽中国建设新篇章，重点抓好以下几个方面。

（一）广泛开展深入学习浙江“千万工程”经验，扎实推进农村人居环境整治活动。深入学习领会习近平生态文明思想和关于改善农村人居环境的重要指示批示精神，加强舆论宣传和经验交流，进一步增强各地区各部门抓好工作的责任感紧迫感和农民群众参与的积极性主动性。认真贯彻落实中央农村人居环境整治三年行动方案，突出农村垃圾污水处理、“厕所革命”、村容村貌整治提升等重点，尽快将工作部署从规划示范转到全面推开上来，以更加有力的举措、更加扎实的行动，确保实现农村人居环境整治三年行动目标。

（二）落实推进机制，合力攻坚克难。坚持中央统筹、省负总责、市县抓落实的工作机制，中央农办、农业农村部发挥好牵头作用，统筹协调工作推进和政策支持。各有关部门按照分工方案，加强协同配合，积极主动做好农村人居环境整治重点工作。落实好地方各级党委和政府主体责任，强化“五级书记”特别是县乡村党组织书记抓落实责任。加强村党组织战斗堡垒作用和党员先锋模范作用。加强督促指导和调研评估，实行通报和末位约谈制度，切实把农村人居环境整治各项任务落到实处。

（三）注重规划引领，加强分类指导。发挥规划引领作用，指导、推动和支持各地抓紧编制好村庄布局和建设规划，做到一张蓝图绘到底。合理规划村庄类别，明确不同的规划建设标准和要求。充分考虑农村差异性，实行分类指导，不搞“一刀切”，鼓励地方探索创造。把村庄道路、污水和垃圾处理、饮水安全工程等设施建设纳入相关专项规划。分类别、分年度推进农村“厕所革命”。从解决农民群众反映最强烈的环境脏乱差问题入手，由易到难、循序渐进，组织开展以治理村庄脏乱差为重点的全国农村人居环境整治村庄清洁行动。

（四）完善投入机制，创新扶持政策。坚持量力而行、尽力而为，建立健全政府、农村集体和农民、社会力量多元投入机制。中央和地方财政资金聚焦农村人居环境整治重点任务，加大投入力度。抓紧出台调整完善土地出让收入使用范围、提高农业农村投入比例的政策性意见，所筹资金可重点安排用于农村人居环境整治。采取以奖代补、先建后补等方式，引导和调动农民主动参与农村人居环境整治，改善自己的生产生活环境。鼓励地方整合农村人居环境整治相关资金项目，最大程度发挥使用效益，同时切实防止增加地方政府债务。坚持建管结合，健全农村人居环境管护长效机制。激发市场活力，鼓励引导科研单位和企业，研发推广一批符合农村实际、简单实用的农村人居环境整治技术、工艺和产品。

（据新华社北京 3 月 6 日电，2019 年）

后 记

出于职业特性和使命驱动，自2003年“千万工程”启动以来，我们一直是见证者、记录者、推动者。

17年来，“千万工程”在浙江久久为功、生根开花，造就万千美丽乡村，美丽浙江的经验走向全国。

17年来，我们的报道接续传承，采访足迹遍及浙江的山山水水，以“久久为功”的努力续写了一个“久久为功”的故事。尤其在“千万工程”10周年、15周年等节点上，一些报道产生重大反响。

春风又绿江南岸。在余村的春天里，我们见证“两山”理念诞生15周年带来的巨变。如今，“绿水青山就是金山银山”理念已经成为全党全社会的共识和行动，成为新发展理念的重要组成部分。

这是我们观察的原点，也是写作的初衷。在实施“八八战略”进程中，以“两山”理念引领乡村振兴，“千万工程”、美丽乡村、美丽城镇一脉相承，全域大花园渐次展开。透过浙江生态文明实践的这扇窗户，我们看见了美丽中国的模样。

这本书献给“千万工程”的实践者、奋斗者们。正是千村万户的干部群众，通过携手共建共享，涵养了大地山川，造就了万千美丽乡村。此外，本书如能给关心研究这项工作的专家学者以新知，给实地参观考察的党员干部以启迪，或成为慕名探访浙江乡村游客们的导航、攻略，那就更加善莫大焉。

本书吸收借鉴许多专家学者、一线干群的心血和智慧。特别感谢新华社、浙江省相关部门负责同志的亲切指导，以及不少新闻界同行和同事的支持。新华社高级记者谭进先生做了不少衔接工作，新华社浙江分社摄影团队提供了大量图片资料，一些材料或引用或合作，来自张旭东、马建国、何雨欣、沈锡权、李亚彪、裘立华、商意盈、岳德亮、魏一骏、吴帅帅等同志的相关作品。作为一本非学术专著，未能一一标注所用资料的来源，对所有同志一并表示深切谢意。

这本书的出版得到了浙江摄影出版社的大力支持，从社长到一线编辑精诚合作，为本书的出版付出了辛勤劳动。

本书正式出版面世，预计恰逢 4 月 22 日“世界地球日”，后一天则是“世界读书日”。正如“千万工程”获联合国“地球卫士奖”的颁奖词所言：“将昔日污染严重的黑臭河流改造得潺潺流水清可见底，赢得了激励与行动类别奖项。这一极度成功的生态恢复项目表明，让环境保护与经济发展同行，将产生变革性力量。”

2020 年 4 月 6 日